dtv

Wer eine Italienerin heiratet, bekommt die Großfamilie gleich mit dazu – das wird dem Autor schon bald nach der Hochzeit mit allen Konsequenzen klar. Nie auf den AC Mailand schimpfen. Die ›Gazzetta dello Sport‹ erst dem Schwiegervater und dann den beiden Schwägern überlassen, sonst gibt es Ärger. Beim Angeln immer nach der Küstenwache Ausschau halten. Kein zweites Bier bestellen, das macht einen unguten Eindruck. Den Teller leeren, auch wenn das Essen noch lebt. Das Leben mitten in einer italienischen Familie kann ganz schön anstrengend sein, und Stefan Maiwald muss es wissen: Seit sieben Jahren ist er mit Laura verheiratet – und mit dem Rest der Familie.

Stefan Maiwald, geboren 1971 in Braunschweig, lebt auf der Insel Grado zwischen Venedig und Triest. Von dort schreibt er Geschichten u. a. für das ›SZ-Magazin‹, die ›Frankfurter Allgemeine Sonntagszeitung‹, ›Playboy‹, das ›Golf Journal‹ und ›GQ‹. Bei dtv ist von ihm erschienen: ›Golf. Kleine Philosophie der Passionen‹.

Stefan Maiwald

Laura, Leo, Luca und ich

Wie man in einer italienischen Familie überlebt

Deutscher Taschenbuch Verlag

Von Stefan Maiwald ist im
Deutschen Taschenbuch Verlag erschienen:
Golf. Kleine Philosophie der Passionen (dtv 34351)

Originalausgabe
Januar 2007

www.dtv.de

Umschlagkonzept: Balk & Brumshagen
Umschlaggestaltung: Stephanie Weischer unter Verwendung einer
Illustration von gettyimages/Chris Embleton
Satz: Greiner & Reichel, Köln
Gesetzt aus der Palatino 10,5/13,75
Druck und Bindung: C. H. Beck, Nördlingen
Gedruckt auf säurefreiem, chlorfrei gebleichtem Papier
Printed in Germany
ISBN-13: 978-3-423-20960-1
ISBN-10: 3-423-20960-7

Für Laura, natürlich

Inhaltsverzeichnis

Vorwort

Dies ist kein Roman. Es ist auch keine wohlfeil durchstrukturierte Erzählung. Dieses Buch ist wie mein Leben in Italien selbst, *work in progress*: Ich schildere meine Eindrücke und Erlebnisse auf dem Planeten südlich der Alpen. Einigen wir uns also literaturtheoretisch auf den Begriff Tagebuch. Seit 1996 bin ich mit einer Italienerin zusammen (und zwar seit dem 30. Juni 1996 – wer wissen will, warum ich das als Mann so genau weiß, blättere auf Seite 22), seit 2002 bin ich mit ihr verheiratet, und seitdem lebe ich mehr in Italien als in Deutschland; vorher führten wir eine Wochenendbeziehung, was schon aus logistischen Gründen ziemlich anstrengend war. Wer die einschlägigen Autobahnen und Alpenpässe kennt, wird mein Wehklagen nachvollziehen können.

Wer eine Italienerin heiratet, heiratet praktisch immer gleich eine Familie mit. Der Übersicht halber daher ein Verzeichnis der wichtigsten Personen.

Laura	meine Frau
Leo	mein älterer Schwager
Luca	mein jüngerer Schwager
Minnie	meine Schwiegermutter
Pepe	mein Schwiegervater
Lilli	(eigentlich Elisabetta) meine Tochter, zum Zeitpunkt des Niederschreibens 3,2 Jahre alt
Trixi	(eigentlich Beatrice) meine Tochter, zum Zeitpunkt des Niederschreibens 0,4 Jahre alt. Wir sind noch auf der Suche nach einem besseren Diminuitiv.
Marina	Lauras beste Freundin. Wenn Sie jetzt anfangen, *Marina, Marina, Marina* zu summen, dann geht es Ihnen wie 99 Prozent aller Menschen, denen Marina ihren Namen nennt. Arme Marina.
Marta	Lauras Cousine und auch beste Freundin
Paolo	Ehemann von Lauras Cousine
Mario	der Harpunenmann
Momi	der Bagnino

Es versteht sich von selbst, dass alle Personen im gleichen Ort wohnen und deswegen, wie in einem modernen Theaterstück, ständig auftreten oder zumindest irgendwo am Rand der Bühne herumlungern. In meinem Fall heißt die Bühne Grado, eine Laguneninsel mit etwas weniger als 10 000 Einwohnern zwischen Venedig und Triest. Ein aufgeschütteter Damm verbindet sie mit dem Festland, und so hübsch Grado mit der Altstadt und den romanischen Kirchen ist (im 6. Jahrhundert residierte hier sogar ein Bischof), präsentiert sich der Ort alles andere als unverfälscht: Schon im 19. Jahrhundert kurierten reiche Wiener Familien hier ihre Zipperlein aus, und auch heute noch ist der Tourismus neben dem Fischfang die Haupteinnahmequelle. Nicht zuletzt die Insellage sorgt jedoch für eine erstaunliche Resistenz der Insulaner gegen jegliche Vereinnahmung aus dem Norden, wie sich Italien ja überhaupt in Zeiten der Globalisierung seine Eigenheiten partout nicht nehmen lassen will. Gut für mich – hätte ich eine Österreicherin oder eine Dänin geheiratet, wäre dieses Tagebuch sehr, sehr schmal geworden.

Sollten Sie mal nach Grado kommen, ist es gut möglich, dass wir uns sehen. Ich bin der Typ, der im Restaurant »Santa Lucia« in der Ecke sitzt und verzweifelt versucht, einen Fisch perfekt zu filetieren, bis Franco, der Wirt, die Hände über dem Kopf zusammenschlägt und mir unter einem Stoßseufzer das Besteck entreißt, um dem Fisch ein würdevolles Ende zu bereiten.

Deutschland gegen Italien

Die Menschen schauen immer so romantisch, wenn ich erzähle, wie ich Laura kennen lernte, deswegen versuche ich es zur Abwechslung mal auf die unromantische Tour, und diese B-Seite der Geschichte kann eigentlich nur mit Lucy Schrödelmann anfangen. Lucy Schrödelmann war ein schrecklicher 80-jähriger Drachen, den ich täglich im Rollstuhl zum Einkaufen in den Supermarkt fuhr. Nein, sie hatte nicht den Liebreiz ältlicher Damen, welchen man in Vorabendserien bestaunt. Sie war böse, beschimpfte die Kassiererinnen (einmal zum Beispiel deswegen, weil die Metzgereifachgehilfin an der Fleischtheke kein Papier zwischen die einzelnen Salamischeiben legte) und beschuldigte mich allerlei Übeltaten, von der falschen Abrechnung bis zum angeblich absichtlich ruckartigen Schieben des Rollstuhls um Kurven – und all das in einer Lautstärke, die den gesamten Supermarkt an ihren Vorwürfen teilhaben ließ und meinem Gesicht die Farbe einer gut gereiften Tomate verpasste. Alter, finde ich seit damals, ist, ebenso wenig wie die Jugend, eine Entschuldigung für schlechtes Benehmen.

Abgesehen von Lucy Schrödelmann aber war die Zivildienstzeit ein Traum. Ich war 19, stand voll im Saft, lebte daheim und hatte jeden Monat den im Jahr 1992 durchaus noch fabelhaften Betrag von 900 Mark auf dem Konto. Die Miete war mit zweimal Rasenmähen monatlich abgegolten, und ab und zu holte ich meinem Vater Bier aus dem Keller, um mein tägliches, wenn auch oft verspätetes und zerknittertes Erscheinen am Esstisch zu entschuldigen.

Es war nämlich so: Meine Freunde machten zur gleichen Zeit Zivildienst. Sie hatten ebenfalls 900 Mark auf dem Konto und ebenfalls zu viel Zeit. Wir trafen uns jeden Abend in unserer Kneipe, deren Name »Zapfhahn« unverblümt klar machte, worum es hier ging, und legten eine erstaunliche Kreativität beim immer neuen Erfinden von Trinkspielen an den Tag. Eines davon hatte zum Beispiel die Folge, dass ich bis heute keinen Bananensaft mehr sehen kann – die Einzelheiten möchte ich den sensiblen Lesern allerdings ersparen. Wir dürften jedenfalls maßgeblich zur Abrodung einiger saftiger Agaven in der mexikanischen Provinz Tequila gesorgt haben, und mehr als einmal hing mir der Magen aus dem Gesicht wie eine umgestülpte Socke.* Auch Tequila trinke ich übrigens nicht mehr. Ich kann ihn nicht einmal mehr riechen. Um ehrlich zu sein: Mir wird schon schlecht, wenn ich einen Sombrero sehe.

* Dies ist ein Zitat meines Lieblingsautoren Redmond O'Hanlon und die einzige Möglichkeit, ihn hier im Buch unterzubringen, denn sonst passt ein Mensch, der von Malaria geschüttelt die abgelegensten Urwälder der Welt durchstreift, schlecht hierher.

Tägliches Trinken im Wettspielformat kann für ein paar Tage ein äußerst angenehmer Zeitvertreib sein. Aber auf Wochen hinaus wird es doch etwas problematisch. Und nach ein paar Monaten kannte ich nur zwei Zustände: betrunken oder verkatert. Der Tiefpunkt war wohl erreicht, als ich den Geburtstag meiner Mutter vergaß. Kein Wunder: Zu der Zeit konnte ich im »Zapfhahn«, wenn ich mich beispielsweise um eine Frau bemühte (eine Spezies, die allerdings extrem selten in dieses verrauchte Etablissement kam), gerade noch meinen eigenen Namen sagen. Und selbst den nur gelallt.

Also musste ich die Kurve kriegen und mich abends irgendwie beschäftigen, bevor ich in ein paar Jahren zu Anonyme-Alkoholiker-Meetings in grell ausgeleuchteten Gemeindesälen gehen müsste. Ich trug mich in einen Volkshochschulkurs ein und lernte bei Isabella Pototschnig-Deutsch, die wirklich so hieß, zwei Abende pro Woche Italienisch. Das führte erstens dazu, dass sich meine Leberwerte wieder halbwegs normalisierten, und zweitens konnte ich, als ich ein paar Jahre später mit diesem sehr dunkelhaarigen Wesen namens Laura sprach, sogar meinen Namen sagen und ein bisschen italienisches Beiwerk dazu. Ungelallt. Das hatte wohl einen gewissen Effekt. Und führte dazu, dass ich bald an einer italienischen Hochzeitstafel mit den 250 engsten Freunden der Familie saß.

Okay, wirklich eine ziemlich unromantische Variante. Hier kommt also die romantische – die *eigentliche* – Geschichte. Legen Sie die Taschentücher bereit und schnallen Sie die Sitzgurte an.* Ich war 16 Jahre alt und fuhr mit meinen Eltern nach Italien, und zwar auf eine kleine Insel in der Adria namens Grado. Alles sehr hübsch, und am letzten Abend sprach mich ein Mädchen an. (Sagt nicht die moderne Biologie, dass sich das Weibchen stets das Männchen raussucht – aber das Männchen in dem Glauben lässt, *jenes selbst hätte autonom die Wahl getroffen*?) Mit Haar, so schwarz, dass es bläulich schimmerte, braunen Augen und tiefbrauner Haut setzte die Italienerin sich zu mir und fragte, wer ich denn so sei und was ich denn hier so mache. Ich schaute gerade einem Tennismatch zu (damals war Tennis schwer angesagt, und der Eintritt war frei). Es stellte sich heraus, dass es ihr Bruder war, der spielte. Wir tauschten Namen aus, und sie sagte, da gäbe es einen Club namens – Verheißung! – »La Manna«, dort könne man sich ja später treffen. Ich war elektrisiert, und das meine ich wortwörtlich. Ich glaubte, meine Haarspitzen würden knistern. Vielleicht sollte ich, ohne auf peinliche Einzelheiten näher einzugehen, in der gebotenen Beiläufigkeit erwähnen, dass ich sehr spät in die Pubertät gekommen war und lange äußerst glücklos auf dem Frauensektor agierte. Da kam so ein Date doch sehr überraschend.

Ach, und dann gab es das volle Programm, man sah sich in dem Club, der auch noch direkt am Strand lag, man ging Hand in Hand im Mondschein spazieren,

* Wobei es mit Sitzgurten bei mir so eine Sache ist, wie Sie bald erfahren werden.

während die Wellen die Knöchel umspülten, der Mond glänzte natürlich silbern auf der tiefschwarzen Wasseroberfläche, wir scherzten radebrechend über die Sternzeichen am Himmel. Und jetzt kommt das dicke Ende: Es passierte nichts. Gar nichts! Was, wenn ich mir die Bemerkung erlauben darf, weiß Gott nicht an meinen Bestrebungen lag. Zum Schluss gab es einen trockenen Abschiedskuss und, welch schwacher Trost, Adressaustausch.

Am nächsten Tag ging es von der Insel Grado 1200 Kilometer zurück nach Braunschweig. Ich habe gewisse romantische Gene in mir und bezeichnete mich vor mir selbst als verliebt, und Laura und ich traten in einen intensiven Briefkontakt. E-Mails gab es noch nicht beziehungsweise allenfalls zur militärischen Nutzung für die CIA. Dieser Briefkontakt hielt gute drei Jahre, und ich hatte vielleicht sogar Laura im Hinterkopf, als ich den Italienischkurs belegte. Doch dann zog ich von Braunschweig nach Hamburg, die Entfernung zu Laura nahm noch einmal um 200 Kilometer zu, und ich genoss das Single-Dasein als schäbiger Politologie-Student. Der Kontakt riss ab. Herrje, was konnte man auch von einer Urlaubsbekanntschaft erwarten?

Außerdem holte ich in Hamburg alles nach, was mir in meiner späten Teen-Ära verwehrt geblieben war – der kluge und mittlerweile sehr maßvolle und nachgerade gezielte Einsatz von Alkohol bei mir wie bei der jeweiligen Partnerin wird dabei fraglos geholfen haben. Diese Flegeljahre wurden unterstützt von meiner Rumtreiberei in traditionell promisker Szene: Ich lungerte auf Ausstellungen, Vernissagen und Lesungen rum, schloss Freundschaft mit ein paar Künstlern und genoss sehr bald ein aufregendes Leben, das von allerlei seltsamen weiblichen Wesen bevölkert wurde. Ich war nicht gerade ein Casanova, aber ich tat mein Bestes.

Natürlich war ich (bitte an dieser Stelle seufzen) im Kern noch ein zutiefst verunsicherter junger Mann. Die, die ich haben wollte, bekam ich nicht. Ich war eher der Mann für die nicht ganz so gut aussehende beste Freundin, aber da es in Hamburg eine Menge reizender Wesen gab, war auch die nicht ganz so gut aussehende Freundin oft noch recht passabel. Doch bald spürte ich (bitte an dieser Stelle ein zweites Mal seufzen, dann aber nie mehr) eine gewisse Leere, denn nur Sex machte komischerweise auch nicht glücklich. Apropos Sex: Ich schrieb nebenbei ein paar Geschichten für diese und jene Zeitschrift, saß plötzlich in der Redaktion der Zeitschrift ›Tempo‹ und bekam von dort ein Angebot vom, jawohl, ›Playboy‹. Ich überlegte kurz (etwa eine halbe Sekunde lang), dann sagte ich zu und zog im Sommer 1995 nach München.

Exkurs: Meine journalistische Karriere verlief ziemlich unglücklich. Vor allem für die Zeitschriften, die mich fest engagierten. Hier eine vollständige Auflistung meiner Stationen:

- 1992–1993: fester Autor ›Braunschweiger Stadtzeitung‹. 1993 wurde das Blatt eingestellt.
- 1993–1994: fester Autor ›Tempo‹. 1996 eingestellt.

- 1995–2000: Redakteur ›Playboy‹. 2003 Lizenzverlust; vom Burda-Verlag gekauft.
- 2000–2002: Textchef und Chefredakteur ›Globo‹. 2002 eingestellt.

Dann beschloss ich, es wäre für alle Beteiligten besser, wenn ich fortan nur noch als freier Autor arbeitete.

Ein Dreivierteljahr später war es Zeit, meinen ersten Urlaub zu nehmen. Nachdem ja alle Münchner mir vorschwärmten, wie nahe man an Italien sei, beschloss ich, Pfingsten dort zu verbringen. Aber wo? Ich erinnerte mich an diese bezaubernde kleine Insel und fuhr hin. Ich verbrachte fünf angenehme Tage mit Lesen, Pastaessen und sinnlos starke Espressi zu später Stunde trinken – eben all das, was man als Deutscher in Italien so macht. An meinem letzten Abend bummelte ich wieder einmal durch die Altstadt; meine letzte Runde Italien, bevor mich die ›Playboy‹-Redaktion wiederhaben würde, etwas brauner gebrannt und etwas fülliger um die Hüften, also ein bisschen schmierlappiger, was ja ganz gut zum Blatt passte. Dann hörte ich von irgendwoher meinen Namen. Konnte ja schlecht sein, also ging ich, nachdem ich mich verstohlen umgeblickt hatte, weiter. Ein paar Minuten später hörte ich wieder meinen Namen. Diesmal war es kaum zu leugnen, dass ich gemeint war, denn die Stimme war höchstens ein paar Meter hinter mir, also drehte ich mich um. Und da stand: Laura. Zufällig. Nach acht Jahren. Umwerfend sah sie aus, mit jetzt längerem, immer noch blauschwarzem Haar. Sie hatte mich zufällig gesehen, wollte mich aber nicht ansprechen, es war ja schon sehr lange her, doch zufällig hatte sie eine alte Freundin dabei, die weniger vertrackt dachte als sie und sie immer wieder mit dem Ellbogen in die Seite stieß.

Tja. Wir gingen auf den Schreck erst mal einen *caffè* trinken, das heißt, ich glaube, ich bestellte mir ein Bier. Sie setzte sich neben mich, wir unterhielten uns wie damals auf Englisch, nachdem mein Isabella-Pototschnig-Deutsch-Italienisch schnell verpulvert war. Immerhin war ihr Englisch besser geworden, sie hatte ein halbes Jahr lang als Au-pair in Philadelphia gearbeitet. So gut war es aber auch nicht, denn es war natürlich eine italienische Familie gewesen, bei der sie die Kinder hütete. Doch es reichte, um mich zu verzaubern. Ich verliebte mich auf der Stelle in sie. Und sagte ihr, im Sommer würde ich wiederkommen und dabei meinen gesamten Jahresurlaub aufbrauchen. Das mit dem Jahresurlaub ließ ich weg, weil ich unsicher war, was das auf Englisch heißt: *year's holiday* wohl kaum, *all my holiday days for the whole year* klang auch komisch.*

Wieder einmal verabschiedeten wir uns ohne Kuss, immerhin aber mit einer ungelenken (meinerseits) Umarmung. Gibt es etwas Peinlicheres, als Begrü-

* Ich habe gerade nachgeschaut. Es heißt *annual vacation*. Manchmal klappt es ja ganz gut mit den wörtlichen Übersetzungen: Wussten Sie, dass beispielsweise Weisheitszahn auf Englisch tatsächlich *wisdom tooth* heißt?

ßungs- oder Abschiedsrituale zu vermasseln? Etwa einem Menschen die Hand zu schütteln, der das partout nicht will? Jemanden zu duzen, der gesiezt werden will? Beim flüchtigen Begrüßungskuss die falsche Wange hinzuhalten? Ich bin ein Experte für so was. Ich könnte ein Internet-Forum darüber einrichten: Schicken Sie mir Ihre Erfahrungsberichte unter www.abschieds-und-begruessungsrituale-vermasseln.de.

Von Pfingsten bis zu meinem Sommerurlaub waren es noch ein paar Wochen, also schrieb ich feurige englische Briefe, in denen ich ihr zwar nicht meine Liebe gestand, aber doch immerhin Winke mit Zaunpfählen in jede Zeile packte, etwa von der Art, dass ich mich *sehr, sehr, sehr* auf das baldige Wiedersehen freute. Sie schrieb, wie ich fand, durchaus unterkühlter zurück, aber das konnte mich auch nicht mehr bremsen. Eigentlich hatte ich mit meinen alten Schulfreunden Christoph, Timo, Thomas und Frank (die dieses Buch nur kaufen wollen, wenn ich ihre Namen erwähne) einen Dosenbier-Urlaub in Südfrankreich geplant. Doch ich sagte ihnen, Jungs, ich hab was Besseres zu tun, und brach am 29. Juni gen Süden auf. Gleich am ersten Abend wollten wir uns treffen. Ich verbrachte sehr viel Zeit im Bad und achtete penibel auf meine Unterwäsche.

Am Abend verabredeten wir uns in einer Bar. Ich war natürlich zu früh dran und hatte schon in einer anderen Bar zwei Bier getrunken. Dann kam sie. Aber sie war nicht allein. Sie tauchte unfassbarerweise mit zwei Typen auf, die nicht unbedingt so aussahen, als würden sie freiwillig die erste Runde übernehmen. Um genau zu sein, sahen sie aus, als hätten sie nichts dagegen, mir das Glas über den Schädel zu hauen. Oder war es nur meine Unsicherheit, die mir das vorgaukelte? Sie stellte die beiden Kerle als ihre Brüder vor, und ich war mir zunächst nicht sicher, ob das eine gute oder eine schlechte Nachricht war. Jedenfalls schnatterten die drei in trauter familiärer Runde munter vor sich hin, mehrere Stunden lang, während ich mich ums Verstehen bemühte und immer mehr Bier bestellen musste, um irgendwas zu haben, woran ich mich klammern konnte. Laura, und das war das Schockierende, blickte mich den ganzen Abend nicht ein einziges Mal an. Ich dachte: Prima, das war's jetzt wohl. Zwei Wochen werde ich allein hier herumhängen, weil ich irgendwelche Zeichen falsch gedeutet habe. Meine Freunde werden mich auslachen. Und ich werde zu viel trinken. Gut, mit Letzterem würde ich umgehen können.

Lauras Brüder Leo und Luca versicherten mir später, ihre Anwesenheit sei wirklich reiner Zufall gewesen, man sei ja eine aufgeklärte norditalienische Familie, es sei eben nur so gewesen, dass man schon Wochen zuvor beschlossen hatte, den Abend zusammen zu verbringen. Ich nehme ihnen das bis heute nicht so recht ab, auch wenn sie hartnäckig bei ihrer Version bleiben. Immerhin hatte ich es auch schon mal schlimmer getroffen. Einmal führte ich in Antibes eine Französin aus. Ich holte sie daheim ab, und ihr Vater ließ sich nicht nur meinen Personalausweis zeigen, *sondern er schrieb ihn ab*, Wort für Wort, Ziffer für Ziffer.

Es muss schon ein paar Stunden nach Mitternacht gewesen sein, als wir uns schließlich verabschiedeten. Da schaute mich Laura tatsächlich an. Also fragte ich sie: »Was machst du morgen Abend?« Und sie sagte: »Da können wir uns wieder treffen.« Na, immerhin. Die Hoffnung stirbt zuletzt. Am nächsten Tag aber war das Europameisterschaftsfinale zwischen Deutschland und Tschechien. (Alte Regel unter europäischen Autoren, die nach dem Zweiten Weltkrieg geboren wurden: Wenn keine erklärende Sportart genannt wird, geht es um Fußball.) Also sah ich zunächst im Hotel das Endspiel und das Golden Goal von Oliver Bierhoff, dann traf ich mich mit Laura. Sie kam allein. Wir setzten uns in den kleinen Garten einer Enoteca und küssten uns zum ersten Mal. Zum ersten Mal nach acht Jahren des Kennens, was möglicherweise nicht gerade für mich sprach. Es war der 30. Juni 1996, und es war, mit dem dramatischen Fußballspiel und dem Kuss, einer dieser Tage, die, gäbe es einen Täglich-grüßt-das-Murmeltier-Tag zum Aussuchen, ganz schön weit oben auf der Liste stehen würden.

Meine Arbeit bei dem Interview-Magazin

Das Wort ›Playboy‹ aus dem ersten Kapitel hat Sie neugierig gemacht, oder? Keine Sorge, ich kenne das gut. Ich erzähle Ihnen also einfach mal kurz, wie es beim ›Playboy‹ so war. Die, die nur Italien wollen, blättern eben schnell weiter. Wobei ich durchaus die Kurve vom ›Playboy‹ zu Laura kriege, denn versuchen Sie mal, einer katholischen Großfamilie von Ihrer täglichen Arbeit bei einem Blatt zu erzählen, das sich im Wesentlichen über die Zahlen 90–60–90 definiert.

Als ich bei ›Playboy‹ zusagte (sie hatten eine Reportage über Dorffußball von mir gelesen), ließ ich mich von der verführerischen Möglichkeit blenden, allerlei interessante Reportagen und Interviews machen zu dürfen, und so war es denn auch: Ich schrieb eine Geschichte über Kunstfälscher, eine Geschichte über Windhunderennen in England, eine Geschichte über die herrlichsten Verschwörungstheorien, interviewte die eine oder andere leidlich bekannte Person, beispielsweise Mario Basler, Meat Loaf und Margarethe

Schreinemakers, welche ja damals größer als das Leben selbst schien. Täglich flatterten Einladungen zu interessanten »Events« (das Wort »Veranstaltung« war schon vor einiger Zeit abgeschafft worden) ins Haus, meine beginnende Golf-Leidenschaft eröffnete, gepaart mit der schicken ›Playboy‹-Visitenkarte mit eingestanztem Häschen (Terminus technicus: »Bunny«), mir eine neue Welt.* Nebenbei: Die neuen Visitenkarten des Burda-›Playboy‹ verfügen über keinerlei Reliefdruck. Sehr schade.

Auf Partys hatte die Behauptung, beim ›Playboy‹ zu arbeiten, einen ähnlichen Effekt wie der Smalltalk-Satz »Unser Pfarrer sagt immer, Niesen sei der Orgasmus des kleinen Mannes.« Aufmerksamkeit war einem sicher, und während die einen ihre Verachtung kaum verbergen konnten, hing einem der Rest des Festes an den Lippen und wartete auf Abenteuer aus der Welt der Nackten und der Torten. Aber man steht immer etwas unter Druck, denn zum Porsche Cabrio reicht das Gehalt natürlich nicht, was man oft erklären muss. (Wie, du bist mit dem Bus gekommen? Wie, du kannst mich nicht ins P1** einladen? Wie, du warst noch nie in deinem Leben im P1?) Zudem hat der Ruf des ›Playboy‹ ebenso viel Glamour wie Hautgout. In den öster-

* Vielleicht interessiert es Sie, dass Hugh Hefner ursprünglich plante, den ›Playboy‹ »Stag Party« zu nennen; als Wappentier hatte er einen Elch vorgesehen. Der Bunny war die bessere Wahl. Angeblich ist es das viertbekannteste Markenzeichen der Welt.

** Das P1 ist Münchens bekannteste Diskothek und fest in der Hand von Superspreadern wie Boris Becker.

reichischen Autobahnraststätten beispielsweise liegt ›Playboy‹ hinter tiefschwarzen Verschlägen, die nur einen Blick aufs Logo zulassen, direkt neben nun zweifellos zweifelhaften Erzeugnissen wie ›Happy Weekend‹ oder den ›St. Pauli Nachrichten‹.

Mit der Zeit entwickelt man eine raffinierte Rechtfertigungs-Rhetorik. Man kann aufzählen, wer schon alles für den ›Playboy‹ geschrieben hat, von Norman Mailer über John Updike bis hin zu praktisch jedem zeitgenössischen deutschen Schriftsteller. Oder man kann aufzählen, wer dem ›Playboy‹ schon alles ein Interview gewährt hat, von Fidel Castro über Jimmy Carter bis zum Dalai Lama, aber letztlich bleibt es dabei: ›Playboy‹ verkauft sich mit der Qualität der Brüste auf Seite eins. Eine Franziska van Almsick schlägt zehn Henry-Kissinger-Interviews. Wer damit ein Problem hat, ist beim falschen Blatt. Ich hatte damit ein Problem. Auch wenn ich es einige Jahre lang erfolgreich leugnen konnte.

Was nun meine italienische Familie angeht, so war die erste Reaktion auf meinen Arbeitsplatz: höfliches Schweigen und nervöses Kichern. Da ich nebenbei immer noch ein paar Geschichten für andere Blätter schrieb, redete ich mich eine Zeit lang auf freie Autorenschaft heraus, doch irgendwann verstrickt man sich in seinem eigenen Lügennetz, und alles Lavieren nützt nichts mehr. Bei Lauras Brüdern konnte ich punkten, klar. Sie bekamen Freiexemplare zugestellt, und einmal nahm ich sie mit aufs Münchner Oktoberfest, wo ›Playboy‹ eine ständige Loge hatte. (Wir schrieben das

Jahr 1998, die Aktienmärkte boomten, Geld wurde allenthalben verprasst, und jeder Wirtschaftswissenschaftler, der im Fernsehen auftrat, war von ewigem Wohlstand und 20 Prozent Lohnzuwachs jährlich überzeugt.)

Laura und ich vermieden das Thema ›Playboy‹ stets, als hätten wir Angst, uns davon eine ansteckende Krankheit einzufangen. Aber ich hatte das Gefühl, sie fühlte sich einerseits geschmeichelt, einen ›Playboy‹-Redakteur zum Freund zu haben, andererseits war ihr die Brisanz der Sache bewusst: Als ›Playboy‹-Redakteur feiert man ja permanent Orgien. Denkt man landläufig. Was allerdings hochgradiger Quatsch ist, weil nämlich alle Playmates – aber dazu später mehr. In meine Zeit fiel die 25-Jahr-Feier des deutschen ›Playboy‹, und das Fest im Hotel Bayerischer Hof zu München war ein ziemlich überbordendes. Ich nahm Laura mit, und das hat ihr schon gut gefallen. Italiener mögen Abendfeste, weil es ihrem Naturell in vielerlei Hinsicht entgegenkommt: Überfüllung, Lärm, gestenreiches Parlieren (anders geht es ja kaum), viel Schmuck, elegante Garderobe: alles Ingredienzen einer prallen *notte italiana*.

Vor allem aber konnte ich sie in Sachen Playmates beruhigen, sie sah es ja mit eigenen Augen. Jetzt kommt ein echtes Geheimnis. Achtung: Playmates sind praktisch alle winzig. Warum? Weil kleine Menschen auf Fotos, zumal auf Nacktfotos, besser proportioniert aussehen. Längere Menschen wirken schnell dürr und klapprig, selbst bei stimmigen Proportionen.

Das gilt auch für die Leinwand, und deswegen sind so viele Hollywoodstars ebenfalls sehr klein. Umgekehrt sieht Kleidung an großen Menschen besser aus, und deswegen sind Models alle lang. Wenn Models sich ausziehen oder einmal etwas Brust zeigen – sehen Sie, wie seltsam das gegen kleine dralle Playmates wirkt? Nicht, dass Laura eine 1,85 Meter große Gazelle wäre, aber klein und drall sind nicht die Attribute, die ich bei einer Frau suche.

Man muss nun wissen, dass die Medien in Italien alles andere als prüde sind. Das italienische Unterhaltungsprogramm wird praktisch ausschließlich von knapp bekleideten jungen Damen bestritten. Selbst in Fußballsendungen wird, einfach so, ein blondiertes Model mit Dekolleté in die Runde gesetzt, dessen Aufgabe darin besteht, leicht vornübergebeugt in die Kamera zu lächeln. Die italienische Zeitschrift ›Max‹, die südlich der Alpen die Rolle des ›Playboy‹ übernimmt, zieht in jeder Ausgabe eine dieser knapp bekleideten Frauen ganz aus, die *Veline* oder *Letterine* heißen und im Allgemeinen mit den aktuellen Torschützenkönigen der Serie A zusammen sind. Natürlich wird ›Max Italia‹, wie ›Playboy‹ Deutschland, nicht müde zu betonen, wie kunstvoll die Fotos geschossen sind und wie berühmt der Fotograf ist. Die meisten dieser Damen haben eigene Erotik-Kalender, die mit viel Werbeetat kurz vor Weihnachten auf den Markt geschmissen werden und sich offenbar verkaufen wie blöde. Meinem in fünf Jahren ›Playboy‹ geschärften Blick nach ist es aber auch so, dass italienische B-Prominente besser aussehen als deutsche B-Prominente.

Mein Erweckungserlebnis in Sachen ›Playboy‹ bescherte mir jedoch ausgerechnet Minnie, meine künftige Schwiegermutter. Als ich gerade in München war, hatte der Golfclub Grado Golfjournalisten aus Deutschland und Österreich für ein Wochenende zu Gast. An einem der Abende gab es ein großes Bankett, zu dem auch Mitglieder und Freunde geladen waren, also praktisch ganz Grado. Minnie kam mit dem Journalistentisch ins Gespräch (radebrechend Englisch, wie ich vermute) und berichtete, der *fidanzato* ihrer Tochter sei auch Journalist: Er arbeite beim ›Playboy‹. Daraufhin fing der Tisch an zu lachen, und einer meinte, nun, das sei nicht gerade der Journalismus, mit dem man selber zu tun habe.

Diese Golfjournalisten waren eine liederliche Bande: unverschämt, durstig (selbst nach meinen libertären Maßstäben) und obendrein dreist. In England und den USA sind es die Begabtesten, die über Golf schreiben, vom seligen Peter Dobereiner über Tom Callahan und Dan Jenkins bis David Owen, der mein Idol ist: Er hat einen Autorenvertrag sowohl bei ›Golf Digest‹ als auch beim ›New Yorker‹. Was kann man vom Leben mehr verlangen?

Das war einfach zu viel. Von denen wollte ich mich nicht beleidigen lassen. Von David Owen schon, aber nicht von österreichischen Schnorrern. Ich beschloss, dass es gut war bei ›Playboy‹. Ich kündigte. Erst dann bemühte ich mich um neue Aufträge, aber wie schon erwähnt: Das war im Jahr vor Börsen- und Twin-Tower-Crash, und als Journalist reichte es, einen Computer anschalten zu können, um irgendwo ein warmes Plätzchen mit 13,7 Monatsgehältern zu bekommen. Tatsächlich war mein allererster Akquise-Anruf erfolgreich: ›Globo‹ brauchte einen Textchef als Schwangerschaftsvertretung, und ein paar Monate später war ich gar Chefredakteur. Und als Chefredakteur eines Reisemagazins (inklusive Portraitfoto auf Seite drei) hatte ich sofort ein besseres Standing bei meiner italienischen Familie. Jetzt wurde offen über Heirat gesprochen.

Nachtrag: Ich trat meinen Chef-Posten am 1. September 2001 an. Nach dem 11. September war für Reisemagazine der Ofen aus. Ich durfte noch drei Ausgaben machen, dann war es das. Von der Abfindung konnte ich immerhin ein Auto anzahlen, das die Strecke von München über die Alpen Richtung Laura zuverlässig zurücklegte.

Der Blonde am Tisch

In den nächsten Wochen und Monaten wurde ich zunächst ausgiebig herumgereicht. Es kam mir vor, als gingen wir jeden Abend in ein anderes Restaurant, wo schon eine schnatternde Meute aus völlig neuen Gesichtern auf uns wartete. Stets stand ich im Mittelpunkt: ein schweigsamer, etwas irritierter, ums Verstehen bemühter Kerl, der immer mal wieder ein Glas umwarf, das falsche Besteck benutzte oder die rohen – möglicherweise sogar noch lebenden – Seespinnen, die über den Tellerrand quollen, gestenreich und engagiert mit dem Hinweis ablehnte, sein Bauch sei doch schon so voll.*

Laura präsentierte überall ihren *fidanzato*, das heißt übersetzt: Verlobter. Wer jetzt denkt, weia, das geht ja ganz schön fix in Italien, der sollte wissen, dass, wer in Italien miteinander geht, also halbwegs ernst miteinander verbandelt ist, sofort den Status *fidanzato/fidanzata* verpasst bekommt. Schon sprachlich gibt es

* Inzwischen habe ich keine Scheu mehr vor den Biestern. Lassen Sie sich von der ergreifenden Hässlichkeit dieser Krebsart nicht abschrecken.

da keine andere Chance, denn die wörtliche Übersetzung Freund, *amico*, heißt genau das: Freund in aller Harmlosigkeit. Hier bricht sich die Religion Bahn: Wer miteinander knutscht, der muss selbstverständlich irgendwann heiraten.

Man redete auf mich ein, auf Italienisch, in rudimentärem Englisch und unverständlichem Deutsch, und ich konnte meine Nervosität schlecht verbergen, denn ich erkannte: Schweißflecken gehören zu den wenigen Dingen, die allein durch die Kraft der Gedanken größer werden können. Herzlich waren sie aber alle, sogar der engste Familienkreis. Pepe, mein künftiger Schwiegervater und gefürchteter Gourmet in den vielen Restaurants von Grado, machte es sich zur Aufgabe, mir beizubringen, bislang Unmögliches zu essen. Gleich am ersten Abend durfte ich ihm zusehen, wie er einen Dorsch verputzte. Als er mit dem Fisch fertig war, sah er aus (der Fisch, nicht Pepe), als hätte ihn ein Schwarm übellauniger Piranhas in der Mangel gehabt. Augen, Innereien: alles war weg. Kurz bevor Wirt Franco den Teller abräumte, nahm Pepe den Löffel, den er zuvor zum Filetieren verwendet hatte, durchbrach die Wange des Dorsches (falls die Stelle zwischen Augen und Maul beim Dorsch so heißt) und pulte noch zwei Gramm Weißfleisch hervor, die, wie er mir versicherte, zum Delikatesten gehören, was ein Fisch zu bieten habe.

Minnie, meine künftige Schwiegermutter, strich mir die ersten Abende immer wieder übers Haupt und lobpreiste meine blonden Haare. Und das war nun seltsam, denn, es tut mir sehr leid, aber ich bin nun mal nicht blond. Bei günstigstem Lichteinfall, bei maximal braun gebrannter Haut und maximal durch Salzwasser ausgebleichtem Haar sowie einer hochprozentigen Sehbehinderung könnte man mich vielleicht als mittelbraun bezeichnen. Doch ich habe erfahren, dass es allen Menschen so geht, die nicht pechschwarze Haare haben: Sie werden immer als *biondo*, wahlweise als *bello biondo* bezeichnet. Bei all dem schwingt vielleicht auch ein wenig Ironie mit, zu der Italiener durchaus fähig sind, denn schließlich war es der von mir sehr geschätzte Italiener Terence Hill, der in den Autorenfilmen zusammen mit seinem Partner Bud Spencer sämtliche Glatzköpfe als »Locke« titulierte.

Auch mit den Brüdern kam ich schnell klar, und das erleichterte die Sache ungemein. Nicht, dass ich mir ernsthaft Sorgen gemacht hätte, aber ab und zu tauchten doch sehr unschöne Szenen aus Hollywood in meinen Gedanken auf, in denen ein Brückengeländer und ein Betonklotz am Bein eine zentrale Rolle spielten. Beide waren Fußballfans, Leo sogar ein waschechter Schiedsrichter, der es bis in die Dritte Liga geschafft hatte und auch schon ein paar Freundschaftsspiele der ganz Großen (Inter, Juve) hatte pfeifen dürfen. Luca studierte Architektur und sollte bald mit seinen Freunden ein Studio in Padua eröffnen. Wann immer er mich in München besuchte, wollte er weder ins Hofbräuhaus noch auf den Marienplatz: Er schaute sich lieber U-Bahn-Stationen an.

Insgesamt hätte mein Willkommen in der Familie

nicht wärmer ausfallen können. Vielleicht auch deswegen, weil ich nur die Hälfte verstand. Vielleicht aber auch deswegen, weil alle erleichtert waren, dass Laura endlich einen gefunden hatte. Sie war ja schon 26 und hatte einem Verehrer nach dem anderen den Laufpass gegeben. Ich hielt es, so hatte es den Anschein, gut mit ihr aus. Ihre Brüder schoben das auf meine mangelnden Sprachkenntnisse.

Hätte Gott gewollt, dass der Mensch fliegt, hätte er ihm Flügel gegeben

Ich arbeitete also zunächst weiter bei ›Playboy‹ in München, Laura arbeitete in der Firma ihres Vaters in Grado. Und los ging die Pendelei auf der Strecke München-Salzburg-Villach-Udine-Grado, 498 Kilometer von Haustür zu Haustür. Wer jetzt findet, das sei aber eine ganz schön lange Strecke für ein Wochenende hin und her, der hat uneingeschränkt Recht. Liebende sollte so etwas nicht interessieren, aber das soll nicht heißen, dass ich nicht oft genug wortwörtlich ins Lenkrad gebissen hätte, aus Frust, weil es nicht weiterging. An einem Samstag im August brauchte ich mal zwölfeinhalb Stunden für die Fahrt, davon allein sechs vor dem Tauerntunnel. Wer ihn nicht kennt, weil er zumeist über den Brenner nach Italien fährt, dem sei gesagt: Der Tauerntunnel ist nur einspurig befahrbar. Und wenn die Urlaubermassen heranrollen, dann droht das Schreckgespenst »Blockabfertigung«, das entsetzlichste Wort der Welt. Mehrere Kilometer vor dem Tunnel wird der Verkehr angehalten, und alle 15 Minuten dürfen wieder ein paar hundert Autos durch. Das führt zu bis zu dreißig Kilometer langen Staus und lässt einen sehr, sehr einsam werden.

Es gibt ein paar Dinge, die den wahren Charakter eines Mannes zeigen. Die Plattensammlung (ist sie von A bis Z geordnet? Enthält sie eine ungesunde Menge R. E. M.?). Sein Beruf. Seine Schuhe. Die Farbe seines Autos (falls er eins hat). Vor allem aber: ein Stau. Ein Mann, der im Stau cool bleibt, ist auch im Kreißsaal eine Hilfe. Goethe hat mit der Kutsche von Frankfurt nach Venedig zehn Tage gebraucht, da sollten mir zehn Stunden geradezu paradiesisch vorkommen. Doch man muss nicht Einsteins Lebenswerk verstehen, um zu wissen, dass Zeit eine höchst relative Sache ist. Zehn Minuten Telenovela schauen ist relativ viel, zehn Minuten Anna Kournikovas Fitnessvideo dagegen relativ wenig. Zwei Stunden am Strand sind relativ wenig, zwei Stunden im Stau dagegen relativ viel. Zumal ich gerne glaube, wertvolle Zeit zu verlieren – als würde ich die endlosen Minuten, die ich eingekeilt zwischen Urlaubsbussen verplempere, dafür nutzen, Kunstwerke von weltverändernder Wucht und Wirkung zu erschaffen.

Ein Freund von mir ist gläubiger Christ, spendet ein Fünftel seines Einkommens an Amnesty International, und wenn ihm eine Mücke den Schlaf raubt, dann erschlägt er sie nicht, sondern fängt sie mit hohler Hand und lässt sie draußen frei. Im Stau aber wird er wortwörtlich verrückt. Er beschimpft bei geöffnetem

Fenster andere Autofahrer, die Verkehrsnachrichten, die Polizei, die Räumdienste und Gott und die Welt (na ja, mehr die Welt als Gott), und wenn hinter ihm ein kanariengelbes BMW-Cabrio im Schritttempo rollt, dann schaltet er die Scheibenwaschanlage an. Er war wegen seines Stau-Irrsinns sogar einmal bei einer Psychologin. Sie hat irgendwas von »Verlust der Selbstbestimmung« und »typisch männlicher Angst vor dem Aufgeben der Kontrolle« sowie, logisch, »Abgabe der Macht« gemurmelt und 200 Euro kassiert. Der Freund von mir fährt inzwischen nur noch Landstraße, egal, wohin die Reise geht.

Laura ist, da gibt es nichts, ein guter Staupartner. Sie legt mehr Langmut an den Tag. Keine Ahnung, wie sie das schafft. Frauen können sich besser in ihre eigene Welt zurückziehen und mit glasigen Augen vor sich hin starren. Ich brauche dazu immer eine Fernbedienung.

Einmal kam ich aus Grado zurück nach München, hatte einen österreichischen Feiertag im Kalender übersehen (normalerweise plane ich genau, wann ich fahre) und brauchte neun Stunden. Als ich erschöpft spät am Abend vor meiner Haustür ankam, traf ich meinen Nachbarn, von dem ich nicht viel mehr wusste, als dass er sich vegetarisch ernährte. Ich klagte ihm mein Leid und hoffte auf Mitgefühl. Er hob den Zeigefinger und sagte: »Du stehst nicht im Stau. Du *bist* der Stau.« Elender Schlaumeier. Ich wünschte ihm Tofu-BSE an den Hals.

Erst vor ein paar Monaten fand ich heraus, dass es einen sehr viel kürzeren, sehr viel schöneren, kaum befahrenen Weg über die Alpen gibt – die Felbertauernstrecke über Kufstein, Kitzbühel, Lienz und Tolmezzo. Den kann ich aber nur allein fahren, denn es ist eine sehr kurvige Angelegenheit, und Laura wird im Auto schlecht.

In der ersten Zeit hatte ich übrigens noch gar kein Auto. Ich pendelte, und das war echt abenteuerlich, mit dem EC 289, der abends um 17.30 Uhr in München losfuhr und am nächsten Morgen um 9 in Venedig ankam. Von dort stieg ich in einen Regionalzug um und erreichte unrasiert, unausgeschlafen, ungeduscht und geduzt um 11.30 Uhr Cervignano. Dann ging es weiter mit dem Bus ins zwanzig Kilometer entfernte Grado (Ich machte mir eine geistige Notiz von bestechender Klarheit: Inseln verfügen selten über Bahnhöfe.) Beim ersten Mal fand ich das gemeinsame Singen und Feiern mit den Interrail-Urlaubern, bei denen diese Zugverbindung beliebt war, sehr charmant. Dosenbier wurde herumgereicht, Zigaretten teilte man sich brüderlich (damals rauchte ich noch; Laura trieb mir das schnell aus), und natürlich hatte jemand eine Gitarre dabei. Die Interrailer zeigten sich überraschend traditionsbewusst: Che-Guevara-Shirts, Palästinenserschals und Kurt-Cobain-Songs waren dort immer noch hoch im Kurs. Beim zweiten Mal geriet ich in eine Gruppe christlicher Interrailer. Ich weiß nicht genau, ob die auf Mission waren, aber einer von denen, der mich nachts mit seinen unruhigen Ellenbogen wach gehalten hatte, drückte mir am nächsten Morgen eine Broschüre über Jesus in die Hand. Beim dritten Mal war der Zug überbucht, ich verbrachte die Nacht auf dem Boden im Durchgang vor dem Abteil.

Beim vierten Mal wollte ich mir ein Bett gönnen und träumte von etwas, was James Bond in der Schlusssequenz von ›Leben und sterben lassen‹ hatte, bloß notgedrungen ohne Jane Seymour: ein schnuckliges Apartment mit servilem Butler, eigenem Bad und großzügigem Bett, in welchem ich mich von den Schienen Europas in den Schlaf rütteln lassen wollte. Der Preis für die Fahrkarte hatte diese Träume durchaus genährt. Meine Enttäuschung war groß, als ich mich in einer Sechsbett-Station wiederfand, die verblüffend einer Batterie von Legehennen ähnelte, die ich einmal in natura gesehen hatte. Daraufhin war ich auf Bio-Eier umgestiegen, wenngleich ich diese Vorsilbe ansonsten zu meiden versuche wo es geht. Schon der Bio-Unterricht in der Schule war mir verhasst.

Die Nachfrage beim Schaffner, ob hier ein schrecklicher Irrtum vorliege, klärte mich auf: Ich hatte »Liegewagen« mit »Schlafwagen« verwechselt, und jetzt hatte jeder von uns sechsen, von denen niemand aussah oder wenigstens so roch wie Jane Seymour, nur noch ein Ziel: schneller einzuschlafen als die anderen, um nicht von deren Schlafgeräuschen wachgehalten zu werden. Es war wie beim Hölzchenziehen oder bei ›Highlander‹: Es konnte nur einen geben. Um es kurz zu machen – Sie ahnen die Pointe bereits, richtig? –: Ich war es nicht.

Zum fünften Mal sollte es dann nicht kommen: Ich kaufte mir einen Golf. Und Fliegen? Was ist mit Fliegen? Das wäre sehr gut möglich, ich gebe es zu. Wenngleich der Münchner Flughafen Franz Josef Strauß von der Innenstadt aus nicht gerade um die Ecke ist, so liegt der Flughafen Trieste-Ronchi dei Legionari nur 15 Kilometer von Grado entfernt und wird zweimal täglich von Air Dolomiti aus München angeflogen. Das Problem ist nur: Ich habe Flugangst, und ich habe meine Flugangst auf sehr einfache Weise besiegt: Ich fliege nicht mehr. Als ich mich zu diesem Schritt entschloss, dachte ich zuerst an eine kleine, hübsche Story, die mir weitere Erklärungen ersparen könnte, etwa folgende: Mein Onkel hatte eine kleine Cessna. Vor ein paar Jahren flogen er und ich durch den klaren Himmel Niedersachsens. Dann begann der Propeller zu stottern. Dann setzte er aus. Nirgends war Platz zu landen, wir rasten auf einen frisch gefurchten Spargelacker zu, überschlugen uns mehrmals, überlebten wie durch ein Wunder und krabbelten, nur mit ein paar tiefen Schnittwunden und blauen Flecken, aber fürs Leben traumatisiert, aus dem Wrack.

Nein, es gab ein solches Erlebnis nicht. Meinen letzten Flug unternahm ich im Oktober 1997. Ich kehrte aus London zurück, wo ich für den ›Playboy‹ jene bereits erwähnte Reportage über Windhunderennen recherchiert hatte. Es war schon Abend, als das Flugzeug auf die Piste rollte, eine Reisegruppe aus dem Westfälischen schnatterte vergnügt und freute sich auf den Piccolo-Sekt. Dann fiel das Licht aus. Dass das Licht beim Start immer ausgemacht wird, erfuhr ich erst Jahre später, denn das war mein erster nächtlicher Flug gewesen. Ich dachte, das Flugzeug hätte Probleme mit der Elektronik, der Pilot würde aber dennoch den Start riskieren, um keinen Ärger mit den Chefs zu bekommen. Dann fing einer aus der Reisegruppe an, in der dunklen Maschine mit Blitzlicht die lachende Westfalen-Meute zu fotografieren. Ich sah die Fotos schon mit verkokelten Rändern in ›Bild‹, unter der Überschrift »So glücklich flogen sie in den Tod«.

Es ist ja so: Hätte ich keine Flugangst gehabt, wäre ich wohl nie mit Laura zusammengekommen. Dann hätte ich für mein erstes Münchner Pfingstwochenende vielleicht Last Minute auf Formentera gebucht. Andererseits ist der Gedanke auch nicht sehr apart, eine große Liebe über eine große Angst kennen zu lernen.

Weil ich ja immer noch viel Zeit als Reisejournalist verbringe und meine Flugweigerung branchenweit bekannt ist, entsteht auf Empfängen irgendwelcher Touristik-PR-Agenturen daraus gern das zentrale Gesprächsthema. Dabei werde ich immer mit den gleichen Sprüchen konfrontiert, etwa dem hier: »Das Gefährlichste am Fliegen ist die Autofahrt zum Flughafen.« Aber stimmt das denn? Nein, denn leider beruht die vermeintliche Sicherheit in der Luft auf einem statistischen Trick. Unbestritten ist lediglich, dass das Auto der Killer Nummer eins ist. Zählt man weltweit die Todesopfer des Bahn- und des Luftverkehrs zusammen und teilt die Zahl durch die zurückgelegten Passagierkilometer, so ergeben sich bei der Bahn 9 Todesopfer pro 10 Milliarden Passagierkilometer, beim Flugzeug nur 3 Todesopfer. Teilt man die Zahl der

Opfer aber durch die *Passagierstunden*, gibt mir die Statistik Recht. Bei der Bahn kommen 7 Todesopfer auf 100 Millionen Passagierstunden, beim Flugzeug aber 24 Todesopfer. Die Gefahr, die nächste Stunde nicht zu überleben, ist im Flugzeug mehr als dreimal größer als im Zug.

Und so wie andere Menschen Zitate von schlauen Menschen bemühen, um ihre Argumentation zu unterfüttern, nenne ich bekannte, große Menschen, die entweder unter Flugangst leiden oder, besser noch, waschechte Flugverweigerung praktizieren. Das beste Beispiel ist der Holländer Dennis Bergkamp, der frühere Offensivspieler von Arsenal London, der dreimal zum Weltfußballer des Jahres nominiert war und seit 1994 nicht mehr fliegt. Wenn Arsenal in der Champions League in Spanien antreten musste, blieb er daheim. Cure-Sänger Robert Smith sollte nach Australien auf Tournee und weigerte sich jahrelang. In die USA fuhr die Band noch mit dem Schiff, aber wie kommt man in überschaubarer Zeit von London nach Sydney? Erst eine Petition mit 38 000 Unterschriften australischer Fans konnte ihn bewegen, ins Flugzeug zu steigen. Während des Fluges hielt Manager Robert Rigby Smiths Hand – »zumindest die wenigen Stunden, in denen er bei Bewusstsein war«, so Rigby. Denn Smith trank vor dem Boarding fünf Brandys und nahm Rohypnol-Tabletten; Bassist Simon Gallup, ebenfalls ein eingefleischter Flugverweigerer, wählte die konservativere Variante und trank zwei Flaschen Chardonnay.

Sänger R. Kelly stimmt seine Europatourneen mit dem Transatlantik-Fahrplan der Queen Mary II ab. Der Mann, dessen größter Hit ›I Believe I Can Fly‹ heißt, tut ebenjenes nicht, und zwar nicht erst, seit seine Ex-Frau Aaliyah bei einem Flugzeugunglück in der Karibik ums Leben kam. Als ihn seine Plattenfirma Jive endlich so weit hatte, einmal eine Ausnahme zu machen und mit der Concorde nach London zu kommen, stürzte drei Tage darauf die als nicht abstürzbar geltende Überschallmaschine in Paris ab. Niemand überlebte, R. Kelly zerriss die Tickets und blieb in den USA. Zu den Menschen mit entsetzlicher Flugangst gehören auch Lars von Trier (»es ist sehr wichtig, nicht zu fliegen«), Drew Barrymore, Til Schweiger und, schau an, Michael Schumacher.

Dennis Bergkamp ist einer der besten Fußballer der letzten zwei Jahrzehnte. Lars von Trier gilt als der derzeit wichtigste europäische Regisseur. The Cure veröffentlichen nach wie vor Platten, die euphorische Kritiken erhalten. Man kann es also, auch wenn man aufs Fliegen verzichtet, weit bringen. Sogar zum kommunistischen Diktator: Josef Stalin nahm wegen seiner Flugangst nicht an der kriegswichtigen Konferenz von Casablanca im Januar 1943 teil, Churchill und Roosevelt blieben unter sich. Zur Siegerkonferenz in Jalta 1945 verspätete er sich, weil er auf dem Landweg anreiste. Der bizarre Kim Jong Il aus Nordkorea brauchte für den Besuch bei Wladimir Putin zwei Wochen, denn er fuhr die Strecke quer durch elf Zeitzonen mit der Eisenbahn.

Offizielle Statistiken sprechen von rund 40 Prozent Flugängstlichen; interne Untersuchungen von Fluggesellschaften berichten dagegen von bis zu 80 Prozent der Reisenden, die ein mehr oder weniger übles Gefühl haben. Flugzeuge sind also Vollversammlungen zitternder, Wodka aufstoßender, in ihre Polstersessel schwitzender Kreaturen. Um diese lauernde Angst nicht zu einer veritablen Panik zu steigern, werden in Bordmagazinen zweifelhafte Vokabeln tunlichst vermieden. So darf kein Autor schreiben, er sei in einer Bar »abgestürzt«, und auch sonst sollten keine »turbulenten Szenen«, »Explosionen« oder »Brandherde« vorkommen. Noch besser: Viele Kinofilme werden fürs Abspielen an Bord massiv geschnitten. Ein krasses Beispiel ist der ›Englische Patient‹. Wer sich wundern sollte, warum Kristin Scott-Thomas plötzlich schwer verletzt in einer Höhle liegt, sollte sich den Film lieber auf DVD ausleihen. Auch in ›Sechs Tage, sieben Nächte‹ wird in der Airline-Fassung nicht erklärt, wie es Harrison Ford und Anne Heche eigentlich auf diese einsame Insel verschlagen hat.

Oft wurde mir schon vorgeschlagen, ein Flugangst-Seminar (genauer wohl: ein Anti-Flugangst-Seminar) zu besuchen, und unter den zahlreichen Ironien des Schicksals, die mein Leben ohne das Fliegen begleiten, befindet sich auch jene, dass direkt über mir in München die Chefin eines großen Anti-Flugangst-Seminar-Veranstalters wohnt. Einmal hielt die Chefin des Anti-Flugangst-Seminar-Veranstalters, Gipfel der Perfidie, sogar Laura auf offener Straße an und flüsterte ihr ein, sie könne »den da« (sie bewegte den Kopf in meine Richtung) problemlos heilen. Aber Flugangst-Seminare sind nichts für mich. Zum einen muss man in ihnen fliegen. Zum anderen wird einem dort dauernd erzählt (so berichteten mir jedenfalls Teilnehmer), dass Flugzeuge nicht abstürzen können, weil sie, selbst wenn alle vier Triebwerke ausfallen, noch friedlich zu Boden gleiten könnten. Entschuldigung, aber *wie viele Fälle von friedlich zu Boden gleitenden Flugzeugen gab es in der Geschichte der Luftfahrt?* Nein, Flugzeuge explodieren, kollidieren, werden von fehlgeleiteten Raketen getroffen oder zu Attentaten missbraucht, stürzen wie Steine zu Boden oder schalten gar, wie im Fall des Lauda-Air-Absturzes am 26. Mai 1991, bei voller Reisegeschwindigkeit die Schubumkehr ein.

Flugangst-Seminar-Psychologen behaupten ja, man müsse seine Angst unter allen Umständen überwinden. Man müsse sich seiner Furcht stellen. Das erinnert mich an den Extrem-Bergsteiger, den ich einmal fragte, warum er sich in Lebensgefahr begebe, nur um einen achttausend Meter hohen Gesteinsbrocken zu erklimmen. »Weil er da ist«, antwortete er mir. »Das sind die Fernbedienung und die Flasche Bier aber auch«, sagte ich.

Nein danke. Denjenigen, die behaupten, ich würde was »verpassen«, antworte ich wahr und klar: Allein zwischen München und Rom gibt es so viele Orte zu entdecken, dass das ganze Leben nicht dazu ausreicht. Ich will nicht glauben, dass zwei Wochen Strandurlaub auf Mauritius mein Dasein nachhaltig bereichern würden. Zudem finde ich, es tut gut, unter einer Angst zu leiden, denn das schärft die Sinne.

Laura hat vor nichts und niemandem Angst. Sie lacht mich wegen meiner Flugweigerung aus. Wann immer sie nach München kommt, fliegt sie. Überflüssig zu erwähnen, dass ich schreckliche Angst um sie habe. Das kann nur Liebe sein.

Italienische Namen klingen wie ein Versprechen

Meike, Berit, Imke, Hilke – so heißen meine Exfreundinnen, und ich war in jede von ihnen verliebt. Nacheinander, versteht sich. Wenn ich aber ihre Namen einem Ausländer nenne, denkt er, ich beschreibe, wie das kaputte Getriebe meines Volvos klingt. Jetzt also Laura. Die heißt mit vollem Namen Laura Carlotta Benedetta Ada, denn sie trägt, wie in Italien üblich, die Vornamen ihrer Großmütter, Patinnen und Großtanten auf. Was für eine Pracht. Wäre sie in meine Familie hineingeboren, müsste sie übrigens Gertrud Elfriede Gisela Gertraude heißen, aber das ist eine andere Geschichte.

Italienische Namen klingen wie ein Versprechen. Das ist allerdings nicht das Einzige, was eine Italienerin so unwiderstehlich macht. Laura ist zum Beispiel ein beängstigend fanatischer Fußballfan. Eine unserer ersten gemeinsamen Entscheidungen war für oder wider die Anschaffung von 50-Kanal-Bezahlfernsehen. In Deutschland wäre das ein Scheidungsgrund, doch hier war es Laura, die vehement für Sky plädierte, denn schließlich laufen nur dort alle Spiele live.

Laura hat auch keine Angst, wenn sie hinter mir auf der Vespa sitzt. Und das will was heißen, denn ich hätte auf jeden Fall Angst, wenn ich hinter mir auf der Vespa sitzen würde. Falls sie sich ein wenig fester klammert, dann ist das Zuneigung, nicht Furcht. (Jedenfalls habe ich das immer so interpretiert. Vielleicht sollte ich mal meinen Fahrstil überdenken.)

Doch mit der Kumpelhaftigkeit ist es noch nicht getan, Laura hat – wie möglicherweise die meisten Italienerinnen – mehr zu bieten: Sie ist tief überzeugt von der Schönheit als Leitmotiv des Lebens und erhebt selbst die alltäglichsten Dinge – essen, trinken, durch die Stadt schlendern – zur Kunstform. Das macht mich süchtig nach ihr. Zum Glück kauft sie mit tödlicher Präzision ein. Sie muss keine achtzehn Paar Schuhe probieren. So haben wir mehr Zeit, kunstvoll und leitmotivmäßig zu schlendern.

Wer sich jetzt auf Partnersuche südlich der Alpen begeben will, dem sei mitgeteilt, dass Italienerinnen auch schwerwiegende Nachteile haben. Während die Deutsche sich mit einem Glas Prosecco zufriedengibt, will eine Italienerin sofort einen Ring. Nicht aus dem Kaugummiautomaten, sondern aus dem Juweliergeschäft. Und sie erstellt schon bei der zweiten Verabredung eine Gästeliste für die Hochzeit, obwohl man noch nicht über das Händchenhalten hinausgekommen ist. Zudem haben Italienerinnen Brüder. Nicht einen, sondern immer mindestens zwei, wie ich ja gleich beim allerersten Rendezvous erfuhr. Sie sind einem gegenüber also in der Mehrzahl. Und es ist zwar nicht mehr so wie früher, dass sie einem drohen, man würde, sollte man es nicht »ernst« meinen, wichtiger Körperteile verlustig gehen. Aber ganz ausschließen kann man es eben auch nicht.

Die gemeinsame Währung ist da, die Grenzen sind gefallen, Europa rückt zusammen. Unsere kulturellen Unterschiede werden bald keinen lausigen Cent mehr wert sein. Doch ein Land wird immer das bleiben, was es ist: Italien bleibt Italien, und eine Italienerin bleibt eine Italienerin. Und die bietet Liebe, Dramatik, Fußball, Autos, ab und zu eine Platzwunde am Kopf (Geschirr, tief fliegend) – und perfekte Pasta. In jeder Reihenfolge, die Sie sich als Mann wünschen können.

Die Zwei

Wenn der Weg zum Herz einer Frau wirklich durch ihren Magen führt, dann wäre ich mittlerweile schon ein paar Mal geschieden. Ich kann exakt dreieinhalb Gerichte auf den Teller bringen, von denen zumindest eines nach was klingt und auch nach was schmeckt: Risotto mit Gamberetti, Knoblauch und Cashewkernen. Statt Risotto kann man auch Spaghetti nehmen, das zähle ich nur halb mit. Dann kann ich noch eine passable Pasta al ragù zubereiten, mit passierten Tomaten und frischen Möhren. Tja, und dann hätte ich da noch Bratkartoffeln zu bieten, die mir mein Vater so oft vorgekocht hat, dass ich schon hätte blind und blöde sein müssen, um nicht ein paar Tipps mitzubekommen. Das war es auch schon.

Zum Glück führt der Weg zum Herz einer italienischen Frau über ihre Brüder, und mit Leo und Luca habe ich echte Glückstreffer gelandet, wenngleich sie nicht nur völlig verschieden, sondern gar mit entgegengesetzten Charaktereigenschaften ausgestattet sind.

Leo hätte in einer Mafia-Familie den Spitznamen »Il

Tedesco«, denn er ist von unerbittlicher Präzision und Pünktlichkeit, dazu geht er auch noch physiognomisch eher ins Blond-Mitteleuropäische. Sogar das Bier trinkt er so schnell wie ich, und das schaffen nicht einmal meine deutschen Freunde. Wie bereits erwähnt, ist er Schiedsrichter, und zwar kein schlechter. Überhaupt sind italienische Schiedsrichter traditionell von hoher Güte, was nicht zuletzt Pierluigi Collina bewies, der Charismatiker mit der Glatze.* Leo arbeitet in Pepes Firma mit, die Häuser und Wohnungen baut.

Luca dagegen, schwarz wie Laura, gertenschlank und völlig mediterran, ist der geniale Schlendrian, ein begabter Architekt, der mit zwei Kollegen bereits mit 30 ein eigenes Studio gegründet hat, ein sinnlicher, impulsiver Mensch, der erst nachts richtig aufblüht und in seiner Passion für die Architektur es dennoch schafft, neben dem gut laufenden Büro internationale Workshops zur Innenstadtgestaltung ins Leben zu rufen. Klar, dass Leo schon um 7 Uhr aufsteht und für alle Kaffee kocht, während Luca sich nur mit größter Mühe bis 9 Uhr an seinen Arbeitsplatz schleppt, dafür aber am Wochenende bis zur Mittagssonne kein Licht sieht. Irgendwie klar auch, dass Luca links wählt und Leo rechts. Wobei das italienische politische System es einem nicht einfach macht: Die Linken hatten ja vor Berlusconi die Chance und haben es grandios vermas-

* Wobei ich bis heute unerbittlich die Meinung vertrete, dass im WM-Finale 2002, welches Collina leitete (Deutschland gegen Brasilien, Sie erinnern sich?), dem ersten Tor von Ronaldo ein nicht geahndetes Foul vorausging.

selt, während die Rechten Berlusconi auch nicht sehr liebten. Jetzt sind wieder die Linken dran. Mal sehen, was sie diesmal anstellen. Der Medienunternehmer mit der bei Niederschrift dieses Buches frisch überstandenen Schönheitsoperation wird im Parteienspektrum übrigens nicht unbedingt als rechts gesehen (er braucht ja auch die Stimme des kleinen Mannes, vor allem des kleinen süditalienischen Mannes) – die Rechte geht in Italien so etwa bei den Neofaschisten los, die inzwischen sogar auch als halbwegs gemäßigt gelten, weil es rechts davon ja immer noch die Lega Nord gibt, die den Süden loswerden will. Ein ziemliches Schlamassel also.

Leo reagierte dennoch ziemlich empfindlich, wenn ich Berlusconi kritisierte und sagte nur einen Namen: *Ellmut Koll.* Während nämlich Silvio Berlusconi noch von keinem Gericht der Welt verurteilt wurde (und man kann wahrlich nicht sagen, dass die Justiz es nicht versucht hätte), ist Helmut Kohl, der Mann, der uns 16 Jahre regierte und, wie er zumindest selber findet, die Einheit überhaupt erst möglich gemacht hat, in der Parteispendenaffäre um Haaresbreite an einer Vorstrafe vorbeigeschrammt. Als Deutscher hat man es da nicht leicht.

Und noch etwas: In der Sendung ›Striscia La Notizia‹, einer ebenso bizarren wie erfolgreichen Comedy, die täglich um 20.30 Uhr im Anschluss an die Hauptnachrichten kommt, wurde und wird sich permanent und schonungslos über Berlusconi lustig gemacht. Natürlich kriegt auch Romano Prodi (Spitzname

»Mortadella«) viel ab, aber das beliebteste Thema ist immer noch Berlusconis verzweifelter Kampf gegen den Haarausfall. Gern wird in Superzeitlupe gezeigt, wie die Strähnen, die er quer über den Schädel gekämmt hat, sich beim leisesten Luftzug aufrichten wie Untote. Zufälligerweise gehört der Sender zu Mediaset und damit der Berlusconi-Familie. Man kann sagen, was man will, aber eine Mediendiktatur sieht anders aus. Da sollte einem doch schon eher sauer aufstoßen, wie Monate vor der vorgezogenen Bundestagswahl 2005 Angela Merkel von drei Vierteln der deutschen Presse zur Siegerin hochgeschrieben wurde. Selbst nach ihrem desaströsen Auftritt bei der Fernsehdebatte gegen Gerhard Schröder sprach man allenthalben von einem »ausgeglichenen Duell«, was doch sehr an Monty Pythons berühmte Szene mit dem schwarzen Ritter in ›Ritter der Kokosnuss‹ erinnert, dem zunächst beide Arme, dann beide Beine abgeschlagen werden und der als hilfloser Torso ruft: »Na gut, einigen wir uns auf ein Remis.« (Und wer erinnert sich nicht an die Schlussworte des Torsos: »Du feiger Schweinehund, komm zurück und nimm, was dir zukommt. Ich beiß dir die Beine ab!«).

Abgesehen von Diskussionen über Berlusconi oder moderne Architektur komme ich mit beiden blendend aus. Da ich selbst von einer mitunter chamäleonartigen Anpassungsgabe bin, höre ich mir ebenso gern Theorien über den Auf- und Abstieg des Schiedsrichterwesens an wie über den Auf- und Abstieg des Bauhaus-Stils. Umgekehrt finden es beide nach wie vor interessant, mehr über den Unterschied zwischen Pils, Hellem und Weizen zu erfahren, den ich mir, nachdem ich beim ersten Mal hilflos herumstotterte, selbst herausgoogeln musste.

Leo ist inzwischen ein veritabler München-Kenner geworden. Er kennt das Hofbräu-Zelt, das Löwenbräu-Zelt, das Armbrustschützen-Zelt und das Augustiner-Zelt. Lauras erster Auftritt auf dem Oktoberfest war dagegen, in einem Wort, kurz. Um 11 Uhr am Vormittag hatte sie die erste Maß bestellt, am Mittag war die Maß leer und Laura voll. Sie nahm sich ein Taxi und hielt gegen die Übelkeit während der gesamten Fahrt den Kopf aus dem Fenster wie ein Hund. Daheim angekommen, schlief sie bis Mitternacht.

Ist es nicht süß, dass es Menschen gibt, die nach einer Maß betrunken werden? In Italien wird ja so gesittet gezecht, dass ich mich immer wieder schuldig fühle, wenn ich mir ein drittes Bier bestelle. Im Italienischen gibt es nicht einmal ein Wort für »Kater«. Wobei ich mir die Anmerkung erlaube, dass das, was die Horden von Italienern am Tag nach einem Oktoberfestbesuch verspüren, für sie vielleicht nicht in Worte zu fassen ist, aber sich doch ziemlich sicher genauso wie ein Kater anfühlt.

Lernen mit Laura: Verlieren

Laura und ich waren gerade ein paar Wochen zusammen, da erzählte sie mir von ihrer Tenniskarriere. Sie war einst italienische Universitätsmeisterin gewesen und stand sogar mal auf Platz 500 der Weltrangliste. »Großartig!«, rief ich, »lass uns sofort ein Match spielen!« Sie weigerte sich, ein Jahr lang. Schließlich überredete ich sie. Denn ich war mir sicher, dass ich sie schlagen würde. Hey, sie ist 166 Zentimeter groß, ich 186 Zentimeter. Und ich kann 89 Kilo (okay, 92 Kilo) in den Schlag wuchten; mein Body-Mass-Index liegt also, wenn man eineinhalb Augen zudrückt und zudem über ein biegsames Lineal verfügt, noch gerade so in der grünen Kurve. Ich habe mehr Kraft, laufe schneller, habe die längeren Arme. Eine sichere Sache. Dachte ich.

An Männerstammtischen ist es eine gern und ausgiebig diskutierte Frage, wie gut sportliche Frauen im Vergleich gegen uns wären. Könnte der deutsche Frauenfußballmeister gegen eine männliche Bezirksoberligamannschaft gewinnen? Hätte Steffi Graf gegen die Nummer 100 der Männer-Weltrangliste eine Chance gehabt? (Sie selbst antwortete auf diese Frage übrigens einmal, sie hätte sicher nicht einmal die Nummer 1000 geschlagen.) Nun war ich der Auserwählte. Der Mann, der die Chance hatte, jede Kneipendiskussion ein für alle Mal zu beenden. Der Mann, der den Beweis antreten konnte, wie wenig selbst austrainierte Frauen gegen durchschnittlich (oder, in meinem Fall, gar nicht) trainierte Männer ausrichten könnten.

Durch eine Verkettung äußerst unglücklicher Umstände kamen auch noch Leo und Luca, um dem Kampf der Geschlechter zuzusehen. Es war ein heißer Augusttag des Jahres 1997, im Tennis Club Grado brannte die Sonne erbarmungslos auf den roten Sand nieder, um mal ein bisschen Dramatik einzustreuen, und *the battle of the sexes* begann. Mein Gesicht nahm an diesem schwülen italienischen Spätnachmittag fix die Farbe des Bodenbelags an, und die Schlacht endete schneller als ein Neue-Deutsche-Welle-Revival. Laura beantwortete jegliche theoretische Diskussion über Männer, Frauen, Muskeln und Machismo auf ihre Weise und schlug mich kristallklar 6:0 und 6:0. Leo und Luca waren entsetzt. Seitdem werde ich, wenn wir am Strand Fußball spielen, immer als Letzter in eines der Teams gewählt.

Wie konnte man so etwas auch ahnen? Die Freundinnen, die ich vor Laura hatte, waren mit Sport so vertraut wie mit der Heisenbergschen Unschärferelation. Klar, sie konnten gut tanzen und so, aber mehr auch nicht. Wenn man mit ihnen im Urlaub am Strand Frisbee spielte, sahen sie sehr interessiert die Wurfscheibe an, die in ihre Nähe geflogen kam. Sie verstanden nicht, dass man den Frisbee *fangen* sowie auch noch *zurückwerfen* musste, um so etwas wie Spielspaß aufkommen zu lassen. Auch beim Beachvolleyball sahen meine Freundinnen alle klasse aus, hatten aber weniger eine spieltaktische als vielmehr eine ornamentale Funktion.

Bevor ich Laura kennen lernte, dachte ich mir, wie schön es mal wäre, eine Frau zu haben, die weiß, wie man einen Ball fängt. Dass es gleich eine wurde, die nicht nur weiß, wie man einen Ball fängt, sondern auch weiß, wie man diesen Ball so hart zurückwirft, dass man nach hinten überkippt, war nicht geplant. Laura guckt nicht nur Fußball, sie spielt sogar mit. Sie ist eine exzellente Skifahrerin und Snowboarderin, kann Windsurfen, hat sämtliche Boots- und Segelführerscheine (theoretisch dürfte sie sogar über den Atlantik segeln) und kam innerhalb eines Jahres auf das Golfhandicap von 17.

Unsere Töchter Lilli und Trixi sind jetzt drei Jahre beziehungsweise fünf Monate alt. Wenn sie nur ein bisschen Sportlichkeit von Laura geerbt haben, dann kann ich mich bald zur Ruhe setzen. So wie Peter Graf. Bloß mit weniger Alkohol und einem besseren Steuerberater.

Minnie loves Milan

Ich bezeichne mich mal nonchalant als Fußballfan alter Schule. Als Elfjähriger war ich schon allein im Stadion (ohne Familie, ohne Freunde) und kann mich noch gut an ein Freitagabend-Flutlichtspiel erinnern, bei dem Eintracht Braunschweig Borussia Dortmund 5:0 schlug. Die uralte Arena an der Hamburger Straße war natürlich ausverkauft, ich stand in der Südkurve, die Spieler warfen Vierfachschatten wie Götter aus dem All, und noch Tage später rauschte das Blut in meinen Ohren. Wer in der Prä-Teen-Ära so etwas miterlebt hat, bevor Dinge wie Pickelcreme und Mädchen das Leben ungebührlich ausfüllen, ist für sein Leben geprägt. Aber, und auch das gehört zur Entwicklung eines Menschen: Fußballfanatismus verliert mit der Zeit das Kindisch-Absolutistische. Ich bin immer noch Eintracht-Fan, weine aber nicht mehr, falls sie mal verlieren, und gebe auch nicht mehr ausschließlich dem Schiedsrichter die Schuld an der Niederlage. Immerhin: Die Seite eintracht.com gehört neben google.de, spiegel.de, wikipedia.de, golf.de und pgatour.com zu meinen wenigen Bookmarks.

Ich habe das italienische Getue um den Fußball immer für eine ziemliche Farce gehalten. Da wird schon viel Lust an der Theatralik dran sein, dachte ich mir. Ganze Komödien in Italien bauen beispielsweise auf dem einen dramatischen Gegensatz auf, dass die eine Hauptperson ein Inter-, die andere ein Milan-Fan ist. In Deutschland könnten zwei Liebende nicht heiraten, weil der eine Erzbischof ist und die andere eine stadtbekannte Heiratsschwindlerin. In Italien kommen zwei Liebende nicht zusammen, weil einer zu Fiorentina hält, der andere zu Juve. Das fand ich, gelinde gesagt, übertrieben.

Minnie, meine Schwiegermutter, ist Milan-Fan. Kann man sein, dachte ich bei mir. Ich wurde sofort gefragt, zu welchem Lager ich gehörte, denn nachdem ich mich schon als Deutscher und Lutheraner geoutet hatte, verfügte ich über nicht mehr viel Kredit. Ich gestand, dass so recht kein italienischer Club mein Herz erwärmen könne, denn zu echtem Fan-Tum gehöre ja wohl mehr, als sich wie von einer Speisekarte für etwas Passendes zu entscheiden. Ich erwähnte allerdings, dass eine meiner frühen Fernsehfußballerinnerungen die schwarz-weiß gestreiften Trikots von Juventus Turin wären. Ich fände diese Trikots irgendwie schick, sagte ich noch. Minnie lief in allen Farben an und griff zum Telefon. Sie rief Laura an, die gerade im Büro war, und beschimpfte sie in meinem Beisein, dass sie nun auch noch einen *Juventino* in die Familie geschleppt hätte.

Nun ist Juve, im Gegensatz zu all dem, was man von

deutschen Fußballkommentatoren immer wieder hört, keineswegs der beliebteste, sondern eher der unbeliebteste Club Italiens, und zwar nicht erst seit dem widerlichen Moggi-Skandal, der im Juni 2006 aufflog. Klar, er ist mit sagenhaften 28 Meisterschaften (von denen nun zwei zumindest am Grünen Tisch aberkannt wurden) ja auch der erfolgreichste, dennoch hinkt der Vergleich mit dem FC Bayern. Während bei den Bayern wenigstens die eigene Hütte voll ist, hat das Stadio delle Alpi einen fatalen Zuschauerschnitt von 12 000 – den mit Abstand niedrigsten von allen europäischen Spitzenmannschaften. Und wo wir schon beim Abschnitt »Vorurteile leicht gemacht« sind: Wenn in Italien tatsächlich die Kultur des Catenaccio gepflegt wird, des Mauerns und Verteidigens, Beißens und Kratzens, dann verwundert es, dass, um es sich mal aus unserer Sicht anzuschauen, die Italiener die Deutschen mit 4 : 3 (1970, WM-Halbfinale) und 3 : 1 (1982, WM-Finale) abfrühstückten und auch im WM-Halbfinale 2006 offensiv spielten und 2 : 0 gewannen. Vor allem die sonst so hervorragenden Sportredakteure der ›Süddeutschen Zeitung‹ sind ein klein wenig voreingenommen, bezichtigten sie bei der WM die Italiener doch auch beim 2 : 0 gegen Tschechien, immerhin laut damaliger FIFA-Rangliste zweitbeste Mannschaft der Welt, des Catenaccios. Trotz der schwersten Vorrundengruppe haben die Italiener bei der WM insgesamt 12 Tore geschossen, mehr als Brasilien, Frankreich, Spanien, Portugal. Aber klar: Catenaccio.

Zurück in die Familie. Um Minnies Fernseher liegt

ein AC-Mailand-Schal, genauer gesagt: *lag* ein AC-Mailand-Schal, denn vor kurzem schenkte ihr Pepe einen Flachbildschirm, auf dem der Schal keinen Halt mehr findet. Und eines der ersten Wörter, das meine Tochter Lilli lernte, war »Kaká Gol«, zu Ehren des hübschen brasilianischen Offensivspielers. Nebenbei: Der italienische Torschrei lautet nicht *Gol,* sondern *Rete,* was mit dem gerollten R viel schärfer und atemloser klingt. Wenn Lilli und Trixi in der Nähe sind, während Milan übertragen wird, hoffe ich auf wenige Tore, denn jedesmal, wenn Inzaghi, Pirlo oder Kaká treffen, werden meine Töchter von Minnie gedrückt, bis sie rot anlaufen. Bitter für Lilli, die stets ein Auge auf Schewtschenko geworfen hatte, dass der jetzt bei Chelsea spielt.

Wer nun den AC Mailand reflexartig als Berlusconi-Club ablehnt, begeht einen schweren Fehler. Zum einen ist Milan traditionell der linke Club der Arbeiter; Stadtrivale Inter ist in den Händen der Reichen und Rechten. Der frühere Kommunistenführer Fausto Bertinotti, derzeit der Präsident der Abgeordnetenkammer, ist glühender Milan-Fan und denkt gar nicht daran, seine Haltung zu überdenken, nur weil Silvio Berlusconi die Präsidentschaft übernommen hat. Zum anderen hat Milan den modernen Offensivfußball geprägt wie allenfalls noch Ajax Amsterdam in den Siebzigern. Juve dagegen ist bekannt für den »Calcio cinico«, den zynischen, ergebnisorientierten 1 : 0-Stil, dazu noch für extrem körperbetontes Spiel an der Grenze zur Unfairness.

Wahrscheinlich hat es nie eine bessere Fußballmannschaft gegeben als den AC Mailand in den späten Achtzigern und frühen Neunzigern, kongenial verstärkt durch die drei Holland-Importe Ruud Gullit, Marco van Basten und einen gewissen spuckenden Verteidiger, dessen Name mir partout nicht einfallen will. Das 4:0 im Champions-League-Finale gegen den FC Barcelona 1994 war für viele Fußballfans ein inneres Sektfrühstück, weil nämlich Barcelona von Johan Cruyff trainiert wurde, welcher in seiner typisch arroganten Art den Milan-Fußball als steinzeitlich und, klar, ergebnisorientiert herunterputzte. Quittung: Die höchste Finalniederlage der CL-Geschichte.

Dass Berlusconi nachts live in der beliebtesten Sportsendung des italienischen Fernsehens anruft (so geschehen am 22. Februar 2004 um 23.10 Uhr bei ›Domenica Sportiva‹ der RAI) und sich über die Anti-Milan-Berichterstattung beschwert (Erster Satz: »Wie ich sehe, redet ihr gerade über mich.«), macht ihn doch fast schon wieder sympathisch. Und auch Berlusconis hübschen Satz anlässlich einer Audienz im Vatikan – »Wir exportieren beide eine siegreiche Idee in die Welt«, sagte er zu Papst Johannes Paul II., »Sie das Christentum, ich den AC Mailand« – deuten nur Böswillige als Größenwahn. Andere sehen darin einen ganz besonderen Humor.

Zu lachen habe ich während Fußballübertragungen, die wir bei der Familie meiner Frau verfolgen, jedenfalls nichts. Bis heute versuche ich, den Trikot-Schnitzer wiedergutzumachen. Aber bislang nützt es nichts.

Auch mein Hinweis, dass ich von Mode noch nie viel verstanden habe, verebbt in den Schimpfkanonaden. In der Familie bin ich nun *Il Juventino*, was, wenn ich die Betonung korrekt interpretiere, eine ähnliche Semantik besitzt wie *Il Geschlechtskrankheitenüberträger*.

Die Cappuccino-Jahre

Es gab einmal eine Zeit, da kamen viele Deutsche nach Italien und wussten nicht so genau, was zu tun ist. Daher aßen sie Spaghetti mit Gabel und Löffel und bestellten auch spätabends einen Cappuccino. Die Italiener wunderten sich, sagten aber nichts. Weil Deutsche nicht nur im Autobauen und Elfmeterschießen gewinnen, sondern auch im Anpassen spitze sind, lernten sie schnell, dass man Spaghetti mit der Gabel dreht und ein Cappuccino nur sehr früh am Morgen, also etwa bis 11 Uhr, erlaubt ist, dann aber nicht mehr.

Italien ist nun in unseren Köpfen, und wir versuchen, die besseren Südländer zu sein. Das lässt sich gut in München beobachten, wo es das Straßencafé Venezia gibt. Es ist bei akzeptablem Wetter voll mit Menschen, die ihre Sonnenbrillen im Haar tragen und beim Kellner auf Italienisch bestellen, nicht beachtend, dass

1. Luigi schon seit vierzig Jahren hier lebt und akzentfrei Deutsch spricht;
2. Luigi kein Italiener ist, sondern Kroate.

Es sind nicht sosehr die Italiener selbst, die über Deutsche grinsen, die sich noch am Nachmittag oder gar am Abend einen Cappuccino bestellen – es sind vielmehr die wissenden Deutschen, die man einst Toskana-Fraktion nannte, die sich über die Tölpel von Landsleuten lustig machen, die so gar nichts von der mediterranen Lebensart verstanden haben und ihr Essen noch mit der geistigen Mistforke zu sich nehmen.

Es ist Zeit für Beweisstück A: meinen Schwager Luca, den Vorzeigeitaliener mit den schwarzen Haaren und den dunkelgrünen Augen und der Lässigkeit, die man nur besitzt, wenn man seit 32 Jahren hier lebt. Der feingeistige, kunstinteressierte und vor allem stilsichere Luca nun bestellt sich zufälligerweise gern nachmittags und sogar abends einen Cappuccino.

Klar, seine italienischen Freunde wundern sich, aber sie schimpfen ihn nicht aus, sie lästern nicht und schon gar nicht verachten sie ihn für seine Wahl. Im Gegenteil: Der eine oder andere aus Lucas Freundeskreis hat auch schon mal die Revolution gewagt. Und seinem Gesichtsausdruck nach zu urteilen hat es ihm sogar geschmeckt.

Einen vernünftigen Grund für die Cappuccino-Weigerung nach dem Frühstück gibt es ja eigentlich auch nicht. Klar, im August in Sizilien dreht sich einem ob des Heißgetränks vielleicht der Magen um, aber warum sollte man an einem kühlen, nebligen Nachmittag im Veneto oder im Piemont keinen Cappuccino trinken? Das von Italienern und Toskanafraktionisten hervorgebrachte Argument, ein Cappuccino »stopfe«, ist nicht stichhaltig, denn wie Italien-Kenner wissen, kommt ein Cappuccino ja nicht in einer dieser Monstertassen daher wie bei Starbucks, sondern in einem Becher, der nicht viel größer ist als eine Teetasse. Das bisschen Milchschaum macht den Bock nicht fett.

In Bayern gibt es ja eine ähnliche Geschichte mit der Weißwurst. Sitzt man in gemütlicher Runde zusammen und bestellt sich, sagen wir, um 13 Uhr eine Weißwurst, dann wird irgendein rotwangiger Bayer am Tisch stoiberhaft den Zeigefinger recken und mit altklugem Gesichtsausdruck referieren, dass aber Weißwürste eigentlich nur bis zum »Zwölfeläuten« erlaubt seien. Gedachte Klammer auf: Er wolle aber mal nicht so sein, trotz der erschreckenden Ignoranz um ihn herum. Klammer zu. Auch dies ist eine Tradition, die in der heutigen Zeit nur noch um ihrer selbst willen existiert, denn die empfindlichen Weißwürste, für die es in früheren Zeiten noch keine Kühlung gab, sollten möglichst vor der wärmenden Mittagssonne verzehrt werden, bevor sie schlecht würden und den Sepp und den Schorsch für den Rest des Tages auf den Donnerbalken verbannten. Das Problem dürfte sich aber seit etwa 50 Jahren auch in der ländlichsten Metzgerei erledigt haben.

Dinge ändern sich. Und Italiener, wenngleich sie in Kunst und Kultur das vielleicht umfassendste Erbe aller europäischen Länder ihr Eigen nennen dürfen, sind die Ersten, die mit unsinnigen Traditionen brechen. Italiener schlagen sich zum Beispiel nicht mit Rechtschreibreformen herum: Das komplizierte »Rhythmus« wurde in Italien radikal eingebürgert und heißt schön und schlicht *ritmo*. »Schnaps« wird zu *sgnape* und »Schnitzel« zu *snizel, shnicel, schnietsel* oder *scaloppa alla milanese*.

So sind es in Sachen Cappuccino vielleicht einmal die Deutschen, die den Italienern etwas Sinnvolles beigebracht und die kulinarische Tradition befruchtet haben. Was man von der *Pizza wurstel e krauti* ja nicht gerade behaupten kann.

Handle wie eine Frau!

Ich bin ja mehr so der Kumpeltyp. Wenn ich einen Laden betrete, lächle ich, als müsste ich mich für die Störung entschuldigen. Ich bleibe ausgesucht freundlich, und bald bin ich mit dem Verkäufer in ein angeregtes Gespräch verwickelt. Am Schluss kenne ich seine Kinder beim Vornamen, und wir tauschen Adressen aus. Beim Bezahlen klopft er mir lachend auf die Schulter. Selbstverständlich zahle ich den vollen Preis.

Wenn Laura dagegen einen Laden betritt, sinkt die Raumtemperatur um gefühlte fünf Grad. Für Laura ist Einkaufen Business. Wer jemals den *Paten* im Original gesehen hat und weiß, wie tiefgekühlt dort das Wort *Business* ausgesprochen wird, der versteht, was ich meine.

Ihr Einkaufsgeschick hat nicht nur was damit zu tun, dass sie Italienerin ist, sondern auch damit, dass sie eine Frau ist. Frauen können, entgegen landläufiger Meinung, erheblich besser mit Geld umgehen als Männer, weil sie durch jahrelanges Shopping trainiert sind, jeden Trick der Verkäufer kennen und genau wissen, wie sie das maximal Mögliche herausholen können, auch wenn der nächste Gehaltsscheck noch so entfernt ist wie ein Flug zum Mars.

Überhaupt muss man feststellen: Italiener zahlen keine vollen Preise. Nirgends. Wenn die Rechnung im Restaurant 61,50 Euro beträgt, dann rundet der Wirt von sich aus ab auf 60. Selbst in den riesigsten, unpersönlichsten Supermärkten zahlt man nicht 17,02 Euro, sondern die Kassiererin sagt: »Dai, diciasette.« Schuhe, die mit 165 Euro ausgezeichnet sind, kosten an der Kasse praktisch von selbst 150. In Deutschland ist das was anderes, aber es liegt sicher auch an mir.

Wenn ich in München in einer Boutique stehe und die Verkäuferin sehe, die sich hinterm Tresen die Nägel lackiert, obwohl ich erkennbar Hilfe brauche, denke ich mir: »Die arme Frau, sie ist bestimmt alleinerziehende Mutter mit drei Kindern, der Mann hat sie für eine Jüngere sitzenlassen, und sie hat Mühe, ihre Miete abzustottern.« In Wirklichkeit ist es natürlich so, dass der armen Frau diese Boutique gehört, außerdem noch drei andere (ebenso viel, wie sie jüngere Liebhaber hat), und dass sie jeden Abend mit ihrem Porsche Boxster in ihre Dachgeschosswohnung rast (als ehemaliger ›Playboy‹-Redakteur bin ich darin geschult, das Wort »Penthouse« zu vermeiden). Laura weiß so etwas; sie hat einen sechsten Sinn dafür, wie weit sie gehen kann. Sie *riecht*, ob der Laden gut läuft oder nicht, und sie *spürt*, bei welchem Preis die Verkäuferin einknicken wird.

Laura wird auch in den vollsten Restaurants dort wie

hier stets zuerst bedient. Ich bin nicht einmal der Erste, wenn bei meinem Eintreffen noch kein einziger anderer Tisch besetzt ist. Dabei bin ich ein exzellenter Kunde, ich trinke große Mengen Bier oder Wein und gebe so viel Trinkgeld, als wäre die Mark nie auf Euro umgestellt worden. Während die, die zuerst bedient werden, drei Stunden lang in ihrem Milchkaffee rühren und passend zahlen.

Vom Feilschen verstehe ich ungefähr so viel wie von Monatsbeschwerden. Dabei habe ich ja mal in einem Jeansladen gejobbt und gesehen, wie hoch die Gewinnspannen sind. Jeder Laden schlägt noch einmal mindestens das Doppelte auf den Einkaufspreis drauf. Nebenbei: Ich war von 18 Aushilfen der zweitschlechteste Verkäufer. Es ist offenbar so: Nur wer selber gut verkaufen kann, hat die Chuzpe, auch umgekehrt so lange zu jammern, bis er einen Zwanzig-Prozent-Nachlass bekommt.

Das Rabattgesetz ist zwar gefallen, aber die Mauer in den Köpfen der Verkäufer noch lange nicht. Ein Schuhladen in München, dessen Namen ich nicht nennen will (es handelt sich um den Laden direkt neben dem Taekwondo-Studio in der Hohenzollernstraße 23 mit den spitz zulaufenden Schaufenstern), bekam die volle Wucht meines Verhandlungsgeschicks zu spüren. Ich wollte mir wunderschöne Schuhe kaufen, sie kosteten 220 Euro. Also ging ich zur Kasse und fragte die Verkäuferin: »Wir können sicher über einen Nachlass reden, oder? Zumal das schon das dritte Paar ist, das ich in diesem Jahr hier kaufe.«

»Nein, wir geben grundsätzlich keine Nachlässe.«

»Nein?«

»Nein.«

»Selbst wenn ich hier hundert Paar auf einmal kaufe, kriege ich keinen Nachlass?«

»Nein.«

»Nichts zu machen?«

»Nein.«

»Gut. Dann lassen wir es sein.«

»Macht 220 Euro.«

»Kann ich mit Kreditkarte zahlen?«

»Natürlich.«

Aber beim Rausgehen habe ich mich nicht verabschiedet. Das wird denen eine Lehre gewesen sein.

Runter komme ich immer

So ist es wahrscheinlich immer mit Paaren, die in den Winterurlaub fahren. Der eine will atemberaubende Abfahrten, so steil abfallend wie die Ruhmeskurve ehemaliger Kinderstars. Will Gefahr abseits präparierter Pisten, sucht Action und Adrenalin. Der andere bevorzugt Blockhüttenromantik und knisterndes Kaminfeuer, ein romantisches Hideaway mit dicken Daunendecken und Schlemmermenüs in gemütlichen Bauernstuben.

So ist es auch bei Laura und mir. Allerdings ist die Rollenverteilung untypisch, und das liegt an meiner Herkunft. Ich komme aus Braunschweig. Braunschweig liegt in der niedersächsischen Tiefebene, und der höchste Berg ist der Nussberg. Er ist 93 Meter hoch. Braunschweig selbst ist 75 Meter hoch, was bedeutet, dass der Nussberg sein Haupt stolze 18 Meter über die Stadt reckt. Was bedeutet, dass man in Braunschweig vieles werden kann, aber sicher kein besonders guter Skiläufer. Der Harz ist nicht weit, aber seit dem Klimawandel taucht Schnee dort höchstens grammweise auf – wie in den Taschen von Supermodels.

Laura dagegen verbrachte die Wintermonate stets in Cortina d'Ampezzo. Ihr auf Skiern zuzusehen ist wie Monet beim Malen zuzusehen. Mir auf Skiern zuzusehen ist wie einem Volkshochschulkurs beim Aquarellieren zuzusehen.

Als ich 1995 nach München zog, meldete ich mich zum Anfängerunterricht in Garmisch-Partenkirchen an. Ich wurde in einen Kinderkurs gesteckt: vier Vierjährige und ich. Wenn man mit 25 Jahren das Skifahren lernt, dann ist nicht die Frage, ob man wedeln kann oder nicht. Die Frage ist, ob man den Berg runterkommt, ohne vom ADAC-Rettungsflieger in die Heimat gebracht werden zu müssen.

Ich muss beim Skifahren immer an die Kennedys denken. Wenn Mitglieder dieses Clans nämlich mal nicht erschossen werden oder in Kleinflugzeugen vom Himmel fallen, dann sterben sie auf der Skipiste: Michael Kennedy fuhr frontal gegen einen Baum, während er sich mit seinen Kumpels auf einer schwarzen Piste einen Football zuwarf. Was für ein sinnloses Ende. Ich bin grundsätzlich gegen das Sterben, aber vor allem gegen das Sterben beim Ausüben einer Freizeitbeschäftigung, die der Zerstreuung und Gesundheit dienen soll. Mein Traum vom Winterurlaub sieht also folgendermaßen aus: Ich sitze in einer mahagoniumfassten Hotelbibliothek, mit Strickpulli, karierter Stoffhose und makellos weißen Lammfellboots bekleidet. Ein riesiges Kaminfeuer taucht mein Gesicht in vorteilhaftes Licht; in der linken Hand halte ich einen Islay-Whisky, in der rechten eine Pfeife (ich habe noch nie Pfeife geraucht und auch noch nie Whisky getrunken, aber es passt irgendwie gut ins Bild). Während draußen ein fürchterlicher Schneesturm tobt, unterhalte ich die Hotelgäste aus aller Welt, die gebannt auf meine Lippen starren, mit Anekdoten aus meinem Leben. Ein livrierter Kellner mit britischem Akzent kredenzt Kaviartoasts. Irgendwann löst sich einer aus der Menge, stellt sich als Lektor eines großen New Yorker Verlages vor und bittet mich, meine Lebensgeschichte aufzuschreiben. Ich lehne ab und trinke noch einen Whisky.

Lauras Traum vom Winterurlaub sieht so aus: Wir stehen um 6 Uhr auf. Wir sind um 7 die Ersten am Lift. Wir fahren, bis uns (mir) die Beine abfallen. Wir (ich) schleppen uns, vor Erschöpfung taumelnd, ins Hotel. Wir (ich) haben kaum die Kraft, noch etwas zu essen. Traumlos fallen wir (ich) in ein Schlafkoma.

Nach zähen Verhandlungen einigen wir uns immer auf folgenden Kompromiss: Wir stehen um 6 Uhr auf. Wir sind um 7 die Ersten am Lift. Wir fahren, bis wir nicht mehr können. Aber ich darf dafür anfangen, Pfeife zu rauchen.

Manchmal wäre ich ungern Fußgänger

Laura beim Autofahren zu erleben ist eine wahre Freude. Schließlich ist sie Italienerin. Sie fährt schnell, hupt, überholt beidseitig und kommuniziert auf drastische Art mit den anderen Verkehrsteilnehmern. Das alles tut sie natürlich, *während* sie per Handy mit einer Freundin spricht und zeitgleich mit mir die Einkaufsliste fürs Abendessen durchgeht.

Wer, wie Laura, das Autofahren auf der berüchtigten Tangente gelernt hat, die um Venedig herumführt, wo täglich Zehntausende altersschwache osteuropäische LKWs, deutsche Familienkombis, holländische Wohn- und italienische Kleinwagen auf zweieinhalb Spuren sich gegenseitig die Hölle heiß machen, der muss es einfach richtig gut können. Außerdem ist Italien ein Land, das nicht nur die Schönheit, sondern auch die Schnelligkeit kultiviert: Ferrari, Lamborghini, Maserati heißen die Eiligen Drei Könige der Straße. Italien mag es zügig. Zu meinem Geburtstag im Jahr 2000 hat Laura zwei Eintrittskarten für den Formel-1-Grand-

Prix von San Marino in Imola organisiert. Was für eine Frau.

Ganz anders aber ist Laura als Beifahrerin. Auf dem Beifahrersitz verwandelt sie sich von Michael Schumacher in Michael Schanze. »Fahr vorsichtig«, »Nicht so schnell«, »Fahr nicht so dicht auf«, »Brems endlich!« Und dabei habe ich noch nicht einmal die Parklücke verlassen. Wie jeder Mann halte auch ich mich für einen guten Autofahrer. Nur kann ich es zudem beweisen. Immerhin habe ich nach dem Abitur ein halbes Jahr lang als Kurierfahrer gejobbt und bin kreuz und quer durch Europa gerast. Wegen meiner verfluchten Flugangst lege ich pro Jahr 35 000 Kilometer zurück, das ist dreimal so viel wie der Durchschnittsdeutsche. Der neapolitanische Berufsverkehr schreckt mich ebenso wenig wie der Pariser Kreisverkehr. Und ich fahre, obwohl ich erst 35 bin, schon seit 19 Jahren – meinen Führerschein habe ich als 16-jähriger Austauschschüler in Texas geschnorrt.

Doch Laura bremst mit, wenn sie neben mir sitzt. Die Stelle am Fahrzeugboden ist schon ganz aufgescheuert. Sie atmet scharf ein, wenn sie glaubt, dass es gefährlich wird. Vielleicht hat Laura zu viele Statistiken gelesen. Und die besagen, dass Männer die schlechteren Autofahrer sind. Ich glaube das nicht, denn das trifft ja wohl nur zu, wenn man den verwaschenen Terminus »Schlechtes Autofahren« mit »Unfallverursachen« gleichsetzt und Faktoren wie »Fahrzeugbeherrschung auf schwierigem Terrain« oder »Ein- und Ausparken vor vollbesetzten italienischen

Cafés« unberücksichtigt lässt. Die Statistik ist wie eine Laterne am Hafen: Sie dient dem betrunkenen Seemann mehr zum Halt beim Kotzen als zur Erleuchtung. Diesen Satz habe ich von meinem Berliner Kumpel Belo, der steif und fest behauptet, er sei von ihm. Ich kann das nicht glauben, da Belo bislang noch durch keinerlei sprachliche Intelligenz aufgefallen ist. Es sei denn, man definiert es als sprachliche Intelligenz, nach sieben Bieren mit der einen Hand ein Bier an der Tischkante zu öffnen und zugleich dem Pizzaservice telefonisch präzise Anweisungen für den Belag der Quattro Stagioni durchzugeben.

Außerdem berücksichtigt keine Untersuchung das mangelnde Orientierungsvermögen der Beifahrerinnen. Damit meine ich Folgendes: Laura entwickelt, wie alle Frauen (zumindest alle, die ich kenne), beim Kartenlesen eine erstaunliche Links-Rechts-Schwäche, die ich in ihrer Ausprägung geradezu als Rinks-Lechts-Schwäche bezeichnen würde. Wer weiß, wie viele Unfälle nur deswegen von Männern verursacht worden sind, weil die Frau auf dem Beifahrersitz »Links! Ich meine rechts! Nein, doch links!« gerufen hat?

Das alles überzeugt Laura nicht. »Ich traue euch Männern nicht. Ihr seid ein permanentes Risiko. Ihr lasst euch ungern überholen. Ihr werdet wirklich böse, wenn euch jemand schneidet. Ihr besteht auf eurer Vorfahrt, auch wenn es dann zum Unfall kommt.«

Sie ist eine kluge Frau. Sie hat Recht. Männer sind am Steuer aggressiv, unbeherrscht und gefährlich. Sie überschätzen sich und ihre Fähigkeiten gnadenlos.

Neulich hat Laura auf dem Parkplatz unseres Golfclubs den Fiat des Greenkeepers über den Haufen gefahren. Mit meinem Auto. Seitdem zahle ich 1000 Euro Versicherung mehr im Jahr. Und wer ist schuld daran? Ich. Hätte sie in ihrem eigenen Auto sitzen dürfen, das ich ja unbedingt zum Milchkaufen für Trixi missbrauchen musste, wäre das nicht passiert. Es ist nicht ganz leicht, so eine Diskussion für sich zu entscheiden.

Die Hochzeit zu Arezzano

Ich hätte es wissen müssen. Ich kann nicht sagen, niemand hätte mich gewarnt. Irgendwann war ich mit Laura auf der ersten italienischen Hochzeit meines Lebens. Danach hätte ich mir denken können, was einst mit mir passieren würde. Ich hätte einen Eindruck davon kriegen können, dass man komplett durchgedreht sein muss, so einen Tag als unmittelbar Beteiligter ohne harte Drogen durchstehen zu wollen. Ich sollte es noch ernsthaft bereuen, keinerlei Erfahrung mit Tranquilizern gemacht zu haben. Und am Tag meiner eigenen Hochzeit war es wohl zu spät, um damit herumzuexperimentieren.

Die Hochzeit fand in einem verträumten Vorort von Turin statt. Der Tag war heiß, der Pfarrer senil. Außerdem spielten zur Zeit des Jawortes auch noch die Blauen* im Achtelfinale der Fußball-Weltmeisterschaft gegen Norwegen. Eine Koinzidenz, die, wie mir im Nachhinein schien, Italien auf einen winzigen, ent-

* Ich sage so ungern *Azzurri*, weil das zu den Lieblingswörtern von Sportjournalisten gehört, so wie Reisejournalisten gern über die »Seine-Metropole« schreiben.

scheidenden Punkt eindampfte, einen Punkt von überragender Strahlkraft. Aber vielleicht war es auch der Rotwein.

Bringen wir Chronologie in die Ereignisse. Die Hochzeit – oder, wie ich sie insgeheim zu nennen begann, mein Menetekel – begann um 17 Uhr. Um 16.30 Uhr, um die Dramatik noch einmal deutlich zu machen, war Anstoß gewesen in einem Spiel zwischen Italien und Norwegen, und in der 11. Minute hatte Christian Vieri ein Tor erzielt. Leo saß gerade, den Turiner Ring mit Höchstschnelligkeit verlassend, im Lancia Delta Integrale und ich saß auf dem Beifahrersitz (es war in meinem Leben die erste Fahrt in einem Lancia Delta Integrale, und der Zustand der italienischen Autobahnen wird in ein paar Jahren meinen Orthopäden sehr glücklich machen); in einem dramatischen Wechsel steuerte er die Standspur an, bremste den Wagen und schrie mich, der verschreckt war, an und prügelte auf die Hupe ein wie Animal von der Muppet Show.

Das nun bedeutete: Die beiden Ereignisse mussten unbedingt miteinander verwoben werden, denn ein 1:0 konnte man nicht nach einer halben Stunde im Raum stehen lassen. Leo hatte vorgesorgt. Er verbarg ein winziges Radio in der Innentasche seines Anzugs und einen Kopfhörer in der Ohrmuschel. So also lehnte er am Pfeiler der Kirche (wir alle standen, denn wir waren spät dran und Platz war rar) und hörte auf Mittelwelle 849 einem der erregt daherredenden Reporter zu.

Der Pfarrer, selbst an der Orgel, traf keine korrekte Taste des Hochzeitsmarsches, was zu Belustigung führte. Die Braut kam herein, der Vater geleitete und weinte. Nichts Neues im Süden. Viel wurde gesungen, aufgestanden und niedergesessen, sich bekreuzigt, gemurmelt. Leo kommentierte das Match bald auch für die Umstehenden. Endlich, überraschend früh eigentlich, im ersten Drittel der Zeremonie, gaben sich Braut und Bräutigam das Jawort. Viele schluchzten, viele lachten. Viele hofften auf das Ende.

Die Braut: Silvana. Der Bräutigam: Alessandro, ein Mann mit halblangem Haar und hager-geschärften Gesichtszügen, dem der zukünftige Erfolg schon irgendwie anzusehen war. Wichtiger hingegen als alles war, dass die zweite Halbzeit begonnen hatte. Unruhe breitete sich aus wie Weihrauch. Man wechselte das Standbein, schaute sich um. Gab es Wissende? Wusste jemand, ob Italien inzwischen 3:0 führte oder 1:2 hinten lag? Um die 65. Minute herum musste Del Piero eine Riesenchance gehabt haben, Leos Rücken zuckte, Leo tuschelte es sofort weiter, Laura zischte ihm zu, gefälligst leiser zu sein. Die ersten verließen die Kirche, Leo, Luca und ich taten es ihnen nach. Die Sonne gleißte, drei Kamerateams warteten auf die Braut und auf die Cousine der Braut, die mit einem italienischen Filmstar verlobt war.

Ruhe jetzt, nun musste König Fußball sein Recht bekommen. Nach und nach schlichen die Männer aus der Kirche, kreiselten verlegen auf dem Kirchplatz umher und fanden schließlich, an Dutzenden schaulustigen

Uraltfrauen vorbeigehend, eine kleine Bar. Fünf, sechs, sieben, dann zwölf Anzugträger strömten herein, die Dorfjugend rückte verschämt nach hinten und wusste nicht, was hier geschah. Mafia auf Betriebsausflug? Ich muss zugeben, dass man sich in so einer Gruppe sehr erhaben fühlt. Der Fernseher teilte mit: 80. Minute, 1:0. Die Norweger holten die Knüppel heraus: hohe, sinnlos anmutende Flanken auf ihren Fußballgott Flo. Kaffee und Wasser (still) wurden geordert. Ich wusste bislang nicht, dass man Fußball auch ohne Bier schauen kann. Italien gewann.

Zurück zur Kirche alle Mann. Das Brautpaar ließ Schmatz auf Schmatz über sich ergehen, wirkte ein wenig erschöpft und ließ sich das Ergebnis des Italien-Spiels mitteilen, wissend, dass der Termin ihrer Hochzeit nicht günstig gewählt war. Danach wandelte man auf blauem Teppich, der für die Hochzeitsgesellschaft quer durch das Dorf gelegt worden war und durch Gassen und über Straßen führte. In zwanzig Meter Abstand hatten sich Wichtigtuer oder Leibwächter postiert (klassisch: Anzug, Sonnenbrille, Knopf im Ohr – auch sie hatten angeblich Fußball statt Sicherheitsfunk gehört). Bis heute ist mir die Menge der zum Schutz Abkommandierten nicht klar geworden. Prominente, die ich nicht kannte? Paten gar? Oder ging es nur um den – zugegebenermaßen beeindruckenden – Effekt?

Der Teppich führte nach etwa fünfhundert Metern zu einem Palazzo, dessen Säulen mit Grün umflochten waren. Links und rechts des monumentalen Aufganges standen wieder irgendwelche Leibwächter und blickten irgendwohin, vielleicht (weil die Sonnenbrille wie eine Tarnkappe ist, die partiell unsichtbar macht) auf die Brüste der schicken Italienerinnen in ihren teuren sexy Kleidern. Ich hätte die Gelegenheit jedenfalls ausgenutzt.

Der Palazzo hatte gewölbeähnliche Räume mit bemalten Decken. Blattgold glitzerte. An den Wänden hing eine bemerkenswert eklektizistische Auswahl von Gemälden; tatsächlich war auch der röhrende Hirsch vor Alpenpanorama dabei. Auf den Tischen üppige Rosensträuße, rot und fleischfarben. Die fleischfarbenen Sträuße waren leibhaftiges Fleisch: Schinken, in Rosenform gewickelt und mit Zahnstochern zusammengesteckt. Überall standen Tabletts mit Scampi, Gamberetti, Jakobsmuscheln im Speckmantel herum. Die Smalltalk-Zeit begann, eine Disziplin, in der die Italiener locker die Engländer schlagen: Sie flanieren von diesem zu jenem und haben weder Hemmungen noch irgendein schlechtes Gewissen, mit breitem Lächeln zum Nächsten zu gehen. Golf war das Thema des Tages. Nacheinander wurde ich, damals noch Anfänger, in drei Golfteams aufgenommen, denn der Italiener, der Individualist, liebt das Golfen in der Gruppe, weil er bei aller Einzigkeit doch ungern vier Stunden lang alleine ist, sondern vielmehr den kommunikativen Charakter des Sports begreift und schätzt.

Durch Flügeltüren ging es in den Garten. Und dort offenbarte sich nun wirklich Hollywood, mit Weichzeichner und in Superzeitlupe im Sonnenlicht gedreht: Fröhliche Menschen sprangen über fettgrüne Wiesen, dicke Daunenkissen lagen einfach so im Gras; livrierte Kellner liefen mit Champagner umher. Mit der Anzahl der Menschen hätte man eine Kurve eines WM-tauglichen Fußballstadions füllen können. Bald darauf verlor ich das Bewusstsein, denn wenn man mir alle zwei Minuten ein neues Glas bringt, dann soll man sich bitte nicht wundern, dass ich auch irgendwann die Waffen strecke. Verschwommen nahm ich wahr, wie die Gesten des Brautpaars immer mechanischer wurden. Das muss man sich ja mal vorstellen: acht Stunden lang im Mittelpunkt eines Champagnerbades. Menschen mit glasigen Augen, die einem acht Stunden lang Kalendersprüche mit auf den Lebensweg geben. Höchste Erwartungen an dich und dein Auftreten gegenüber den neuen Verwandten, die immerhin die Hälfte des Festes ausmachen. Es gibt einfachere Tage.

Irgendwann später: ein voluminöses, nicht enden wollendes Menü, ein gigantisches Feuerwerk, eine Art Stripteasetanz des völlig fertigen Brautpaars. Warum hatte ich die Zeichen nicht erkannt? Die Uhr tickte. Gegen mich.

Meine Ordnungspolitik

Als ich von daheim auszog, um das Abenteuer Leben fortan ohne selbst gemachten Napfkuchen von Mutti zu bestehen, hatte ich in meiner ersten Wohnung als Kleiderschrank eine Art Apfelsinenkiste. Das musste reichen, dachte ich, denn wir Männer haben den Archetypen des mit dem Seesack um die Welt ziehenden Kerls vor unserem inneren Auge – einen harten Burschen, der sich einen Dreck schert um Bügelfalten oder gewisse fundamentale Hygienemaßstäbe. Schnell musste ich feststellen, dass ein Leben aus dem Seesack (oder aus der Apfelsinenkiste) mich von vielen Annehmlichkeiten des modernen Lebens ausschloss, insbesondere von

1. einem Platz in einem Restaurant, in dem man mit Besteck isst;
2. dem Bedientwerden in einem Geschäft, in dem es mehr gibt als Tabak für Zigaretten zum Selberdrehen;
3. dem Kennenlernen wirklich hübscher Frauen.

Knittrige Hemden und faltige Jeans, das merkte ich schnell, machten aus mir keinen coolen Mann von Welt, der auch in einem Davidoff- oder Bacardi-Werbespot auftreten könnte. Sondern einen, der in den Augen der anderen schnell zu jemandem ziehen sollte, der eine Waschmaschine und ein leistungsfähiges Bügeleisen besitzt – am besten also zurück zu Mutti.

Ich lernte meine Lektion. Ich lege nicht unbedingt viel Wert auf die neueste Mode, und ich konnte mich einigen Strömungen erfolgreich verweigern (T-Shirts mit lustigen Sätzen. Tattoos. Neuen Lederjacken, die man an die Stoßstange seines Autos bindet und dann über einen Schotterweg rast, um sie clever abzunutzen). Aber mein Kleiderschrank ist jetzt groß und geordnet, und die Kleiderbügel aus dünnem Draht sind längst gegen hölzerne ausgetauscht worden. Der Kleiderschrank war mal mein Feind. Jetzt ist er mein Kumpel.

Ordnungspolitisch gesprochen, bin ich solides Mittelfeld. Die wenigen Männer, denen ich in den Kleiderschrank schauen konnte, sind entweder katastrophal unordentlich oder manisch besessen. Einer hat sogar seine Socken farblich geordnet: eine Schublade für schwarz, eine für blau, eine für bunt, eine für Sportsocken. Hat er etwa Angst, eines Morgens aufzuwachen und über Nacht farbenblind geworden zu sein? Ein Blick in den Kleiderschrank sagt viel über den Charakter eines Mannes aus. Wer zu wenig Wert auf Ordnung legt, hat keinen Respekt vor seinen Anschaffungen und seinem sauer verdienten Geld. Wer sogar die Socken bügelt, legt beim Sex ein Frotteehandtuch unter.

Mein Kleiderschrank und ich, das ist eine solide, unverzickte Freundschaft. Ich würde sogar mit ihm ein Bier trinken gehen, wenn er etwas flexibler wäre, und so harmonisch könnte alles enden. Doch dann kommt die ewig gleiche Geschichte: Frau trifft Mann, Frau küsst Mann, Frau zieht bei Mann ein, Frau wirbelt alles durcheinander. Wie immer in einer Partnerschaft hat man nichts mehr für sich selbst. Das Sofa, die Fernbedienung, der Schokoladenpudding: Allgemeinbesitz. Nur beim Kleiderschrank, dachte ich, herrscht gute alte Gütertrennung. Aber Lauras Sachen mäanderten allmählich in meinen Kleiderschrank hinüber. Sie hat, sagte sie, keinen Platz mehr in ihrem.

Vor Gott sind alle Menschen gleich, aber auch vor dem Kleiderschrank: Man greift morgens schlaftrunken hinein und hofft auf gute Beute. Da zusammengelegt und im Halbdunkel alle Sachen etwa gleich groß aussehen, zerriss ich Lauras Lieblingshose, als ich mich nach einer sehr kurzen Nacht sehr schnell anziehen musste. Es war keine Absicht, aber ich dachte, es würde vielleicht unsere Probleme lösen. Das tat es, aber nicht so, wie ich dachte. Laura schaffte sich einen zweiten Kleiderschrank an. Er steht in meinem Arbeitszimmer. Mein Schreibtisch steht jetzt in der Garage. Und ich sitze gerade davor.

Jetzt hieß es Ja sagen

Sechs Jahre nach meinem ersten Rendezvous mit Laura, Leo und Luca wurde es ernst. Laura und ich lebten mehr oder weniger zusammen, ohne verheiratet zu sein, und das konnte ja nicht ewig so weitergehen. Vor allem nicht für Laura. Männer sind von einem gewissen Phlegma. Gäbe es keine Frauen, würden Männer nicht heiraten, sondern nur Unmengen von Kindern zeugen, bis ihr immer eklatanterer Mangel an persönlicher Hygiene sie auf dem Sofa festkleben ließe, wo sie bis ans Ende ihrer Tage Sport schauten.

Es musste geheiratet werden, zumal ja auch Kinder auf die Welt gebracht werden wollten, was ausschließlich mit Trauschein passieren durfte.* Laura (so hatte ich sie zumindest im Verdacht) hatte schon am Tag unseres ersten Kennenlernens an ihr Hochzeitskleid gedacht, und die Gedanken, die sie an diesen Tag verschwendete, waren so intensiv, dass man vom Kalorienverbrauch her eine Kleinstadt ein paar Monate

* Auch hier ändert sich allerdings einiges: Im Jahr 2005 sind 14,9 Prozent aller italienischen Kinder unehelich auf die Welt gekommen.

lang mit Strom hätte versorgen können. Ich will gar nicht näher auf die Einzelheiten des Brautkleidfindens, Geschenkelisteimporzellanladenhinterlegens, Sitzordnungerstellens, Politischgenehmeinladens und Trauzeugenaussuchens eingehen, da ich einfach mal annehme, dass es sich in Deutschland ähnlich kompliziert verhält, wenn auch vielleicht in der Intensität ein paar Potenzen geringer. Auch will ich die bürokratischen Schwierigkeiten unerwähnt lassen, die sich nicht nur aus meinem Deutschsein, sondern auch aus meiner Zugehörigkeit zur evangelisch-lutherischen Kirche ergaben. Steigen wir stattdessen direkt ein in den Tag unserer Hochzeit, einen 6. Mai. Bis in den Nachmittag des 5. Mai hinein hatte es heftig geregnet, und ich, der ich wie im Dämmerzustand die Tage bis zur Hochzeit verbrachte (ich glaube, ich schaltete auf eine Art inneren Autopiloten), machte eine dieser törichten Abmachungen mit Gott, indem ich ihn anflehte, er möge doch bitte die Sonne scheinen lassen, dafür könne er gern sämtliche künftige Urlaube mit Schlechtwetter vermiesen.

Tatsächlich schien am nächsten Tag die Sonne, und wie. Ein prima Tag, um den Blutdruck in den Keller rauschen zu lassen. Wir heirateten um 11 Uhr in der Basilika von Grado, in der seit dem Jahr 579 Gebete gen Himmel geschickt werden (die in der Mehrzahl vermutlich ernstere Anliegen hatten als meine hilflose »Zwiesprache« mit dem Herrn). In der Kirche war es heiß. Sehr heiß. Dazu wurde der Bereich rund um den Altar für die Videoaufzeichnung noch mit diabolischen Filmscheinwerfern ausgeleuchtet. Mir lief der Schweiß in Strömen runter. Gut, es mag auch etwas Nervosität dabei gewesen sein, und es hat sicher auch nicht geholfen, dass Laura sich eine halbe Stunde verspätete, weil wichtige Freunde aus Mailand im Stau standen und per Handy eindringlich baten, noch etwas zu warten, weil man den Einzug der Braut nicht missen wollte. Da stand ich also und zerfloss, die Kirche war restlos gefüllt (sie ist ja auch nicht groß, aber 500 Menschen werden es schon gewesen sein). Auf den Fotos hinterher stellte ich fest, dass viele der Italiener in der düsteren Basilika die Sonnenbrille gar nicht abgenommen hatten. Vielleicht hätte mir das auch geholfen. Dann kam die Braut, und ich war wortwörtlich kurz vor einer Ohnmacht. Ich konnte mich kaum auf den Beinen halten und dachte mir nur: »Wenn du jetzt umfällst, kannst du dich auch gleich erschießen«, was nicht gerade half. Jegliche Zeremonien sind mir zutiefst zuwider, und ich stellte fest, dass die, bei der ich auch noch im Mittelpunkt stand, eine ernste Gefahr für meine Gesundheit darstellte – mögen die Psychologen unter den Lesern ihre Schlüsse daraus ziehen. Glücklicherweise dürfte ich bei der nächsten kirchlichen Zeremonie, bei der ausschließlich ich im Mittelpunkt stehe, nicht mehr viel mitbekommen. So ein Sarg ist schließlich ziemlich robust gezimmert.

Der Brautvater übergab mir die Braut, und die Worte, die ein Brautvater dem Bräutigam zuraunt, sollen zu den wichtigsten Sätzen gehören, die man im Leben gesagt bekommt. Ich befürchtete das Schlimmste (sollte sich jetzt das gnadenlose, gefürchtete Italien zeigen, welches man aus Hollywood-Filmen kennt?), doch Pepe sagte nur »Mi racommando«, ein schwer übersetzbarer Ausspruch.* Ich blinzelte, was er wohl als Zustimmung deutete. In Wirklichkeit war es nur der Schweiß, der schon in meinen Augen brannte. Wer glaubt, ich neige auf diesen Seiten zu Übertreibungen, dem darf ich unseren Hochzeitsfilm ans Herz legen, den ich gern, sofern genügend Anfragen kommen, irgendwo ins Internet stelle. Ich bin mir jedenfalls sicher, dass ich am 6. Mai 2002 zwischen 11 und 12.30 Uhr drei Kilo verlor.

Die Zeremonie zog und zog sich in die Länge, mein Herz raste, ich japste nach Luft. Und, ja, ich schwitzte weiter. Ich schien ein anschaulicher Beleg für die These, dass der Mensch zu 70 Prozent aus Wasser besteht. Der Hochzeitsfotograf zwinkerte mir unentwegt zu (ich kann joviale Menschen nicht ausstehen) und deutete immer wieder auf sein Einstecktuch, als Aufforderung, mir doch den Schweiß abzuwischen. Irgendjemand reichte mir dann tatsächlich ein Taschentuch, ich glaube, es war Paolo, der Mann von Lauras Cousine Marta, welche als Trauzeugin fungierte. Der Kirchenchor von Grado legte sich mächtig ins Zeug. Immer

* Der Pons übersetzt es mit »Ich möchte doch sehr bitten!«, was eine sehr scheuklappige und zudem unscharfe Auslegung ist, denn »Mi raccomando« ist ein häufiger, fast informeller und umgangssprachlicher Satz, was man von »Ich möchte doch sehr bitten!« nicht behaupten kann. Pepe meinte wohl eher so etwas wie »Ich zähl auf dich«, im Sinne von »Ich vertrau sie dir an«.

wenn ich glaubte, es überstanden zu haben, rollte ein neuer Brecher fünfstrophigen lateinischen Singsangs heran.

Nun ja, ich überlebte die Zeremonie. Wenn auch knapp. Und noch heute laufen mir grabeskalte Schauer über den Rücken bei der Vorstellung, ich wäre damals aus den Latschen gekippt oder hätte mich übergeben müssen. Ich schwör's: Aus Scham hätte ich das Land verlassen, mir eine neue Identität zugelegt und bei der Fremdenlegion angeheuert – in dem Zutrauen, einen schnellen Tod zu finden.

Das Fest ging in Aquileia weiter, in einem von Pepe restaurierten Landsitz etwa 15 Kilometer von Grado entfernt. Das Wetter blieb traumhaft, man saß draußen, und eine Cateringfirma tischte herrlichste Dinge auf, von denen das Brautpaar natürlich nichts mitkriegt, weil man immer von irgendwelchen Grüppchen umgeben ist, die heulen, einem in die Wange kneifen oder schmutzige Witze über eheliche Treue zum Besten geben. Und natürlich muss man mit jedem anstoßen. Ich war über meine Trinkfestigkeit erstaunt. Als Bräutigam bist du so in Adrenalin getränkt, dass du dir jegliches alkoholische Erzeugnis in jeder beliebigen Reihenfolge reinschütten kannst, und du spürst – nichts. Es ist fast ein Wunder. Als Bräutigam kann man nicht betrunken werden. Was vielleicht, genau betrachtet, auch ein Problem ist.

Denn dann kam der Hochzeitstanz. Ich dachte, ich könnte ihn irgendwie ignorieren, aber die Hoffnung, dass 250 Menschen zugleich eines der wichtigsten Rituale italienischer Eheschließungen vergessen, war wohl arg optimistisch. Durch Rufe wurden wir also aufgefordert, den Reigen zu eröffnen. Ich hatte noch nie eine Tanzschule besucht, aber Laura wusste um dieses kleine Problem und bestellte was Langsames. Also schwoften wir Arm in Arm umher, was mir ein bisschen peinlich war. Aber glücklicherweise stürmten ein paar Tanzbesessene das Karree, Gäste, die nicht lang genug warten konnten, mit ihren motorischen Kenntnissen zu prahlen, und die es auf jeder Festivität gibt. Sie waren mir in diesem Moment sehr sympathisch.

Zum Schluss wurde es noch richtig schön. Ein Anwalt schnappte sich das Mikrofon und sang, die Sterne funkelten, ich hielt Laura im Arm und war doch insgesamt glücklich und vor allem erleichtert. Jemand reichte mir eine Zigarre. Zigarrerauchen lehne ich zwar prinzipiell ab, doch ich zündete sie mir an, denn ich bin dagegen, Prinzipien mit in den späten Abend zu nehmen.

Die Führerscheinprüfung

Ich will ehrlich zu Ihnen sein: Ich habe mich immer für sehr clever gehalten. Das Rätsel des ›SZ-Magazins‹ schaffe ich in einer halben Stunde. Bei mehreren IQ-Tests, die ich im Internet absolvierte, kamen Werte heraus, die mich sofort für die Mensa qualifiziert hätten. Klar, hier und da ließ ich mir etwas mehr Zeit als erlaubt, und ein Taschenrechner lag auch immer in der Nähe, aber so dramatisch werden sich ein paar Minuten mehr aufs Gesamtergebnis ja nicht ausgewirkt haben. In der Schule bekam ich stets gute Noten (auch wenn seit jeher sehr in Mode ist, genau das Gegenteil zu behaupten, um sich den Zuhörern anzudienen), was vor allem meiner Fähigkeit geschuldet war, auch in den verfänglichsten Situationen ein interessiertes Gesicht machen zu können. Das brachte mich in den Naturwissenschaften auf solide Dreier, während ich bei Sprachen und Sozialwissenschaften Einsen schrieb und im Abiturjahr sogar im Sport auf eine Eins kam, was die echten Athleten in meiner Klasse mir nie verziehen haben.

Sie werden am dramaturgischen Aufbau dieses Kapitelanfangs gemerkt haben: Ich hatte ein schockierenes Erlebnis, das mich so zerrüttete, dass ich bis heute ernsthaft an meiner Intelligenz zweifle. Bin ich vielleicht nichts als ein kleines Licht? Ein mäßig begabter, bestenfalls durchschnittlich talentierter Skribent? Ein Mensch, dessen Genie gerade mal ausreicht, in fünf verschiedenen Sprachen ein Glas Bier für sich und den Nebenmann zu bestellen?

Es begab sich nämlich zu der Zeit des Hochsommers 2004, dass Leo und ich beschlossen, uns ein Boot zuzulegen. Das liegt ja irgendwie nahe auf einer Insel, und nach meinen Schätzungen lagen in den diversen Häfen Grados etwa 3000 Boote – bei knapp 10000 Einwohnern überschlägig pro Familie eines. Wir studierten eine der 30 monatlich erscheinenden Fachzeitschriften (was will man erwarten in einem Land mit über 7000 Kilometern Küstenlinie?) und staunten. Nein, Leo wusste es schon, aber ich hatte Schwierigkeiten, meinen Mund wieder zu schließen. Winzige Boote, die danach aussahen, dass man die Schöpfkelle besser gleich mitkaufen sollte, kosteten so viel wie eine Zweizimmerwohnung in bester Münchner Lage. Selbst für Schlauchboote mit Außenborder war ein fünfstelliger Euro-Betrag fällig. Ich wusste nicht, wie ich es bewerkstelligen sollte, mir in diesem Leben je etwas Schwimmbares zu leisten. Nach zwei Bieren war der Kauf beschlossen.

Mit Leo scherzt man in einer solchen Angelegenheit nicht, und vier Wochen später holten wir unsere 4,70-Meter-»Yacht« mit 40-PS-Außenbordmotor ab. Es war ganz schön wenig Boot für verrückt viel Geld, aber es ist wohl wie beim Wohneigentum: Manchmal muss man zuschlagen, obwohl einem der Bankberater, die Familie und der Priester davon abraten.

Ich hatte nur ein Problem: Ich durfte nicht ans Steuer, und das schlägt doch sehr auf die Männlichkeit. »Keine Haare am Sack, aber 'nen Kamm in der Tasche«, pflegt mein Berliner Kumpel Belo in solchen Fällen zu sagen. Oder: »Keine Zähne im Maul, aber La Paloma pfeifen.« (Mit diesen beiden Sätzen kann Belo ganze Abende bestreiten.) Also meldete ich mich bei Giovanni, der von allen nur Nini genannt wird, zum Lehrgang an, um die Motorbootführerscheinprüfung abzulegen. Laura nämlich – die Perfektheit meiner Frau ist richtiggehend anstrengend – hat wie gesagt sämtliche Scheine, die man auf dem Wasser braucht, sowohl für Segel- als auch für Motorboote. Außer Öltanker oder Personenfähren darf sie alles steuern, und zwar quer über die Weltmeere. (Das erinnert mich an meinen geschätzten Opa mütterlicherseits, der bei der Wehrmacht sämtliche Führerscheine machte, die es zu Lande überhaupt zu machen gab, inklusive für so erstaunliche Dinge wie Halbkettenfahrzeuge.)

Bei Nini, der nebenbei eine Tankstelle für Autos und Boote betreibt und eine Person mit viel Einfluss in Grado ist, saßen wir zu dritt in einer Art Klassenzimmer, welches mit Seekarten geschmückt war und uns die große weite Welt erahnen ließ, die nur eine lästige Prüfung entfernt war. Wer jetzt denkt, in Italien bekäme man mit dem nötigen Kleingeld doch schnell die nötigen Scheine, der denkt wie ich. Aber wie ich denkt er falsch. Nini peitschte uns Positionslichter, Kompassfunktionen, Magnetismus an Bord, Windrichtungen und Notfallfrequenzen ein. Ein interessiertes Gesicht reichte hier leider nicht mehr, ich musste mich zum ersten Mal in meinem Leben ernsthaft mit Winkelberechnungen beschäftigen. Nicht für die Schule, fürs Leben lernt man? Kinder, ich sage euch: Der Lehrer hat Recht.

Die beiden, die mit mir lernten, waren schon physiognomisch keine Konkurrenz. Den einen, Anfang 20, mit halblangem Haar, abgeschnittenen Jeans und begriffsstutzigem Blick, identifizierte ich schnell und ungerecht als klassischen Marihuana-Konsumenten. Der andere, ein altersloser Kauz in Ballonseide, weigerte sich demonstrativ, Notizen zu machen, während ich brav alles mitschrieb. Als einziger Deutscher dachte ich, es könnte nicht schaden, auch mal zu wissen, was Kompass überhaupt auf Italienisch heißt.

Es war ja schon größenwahnsinnig von mir, den Prüfungsmarathon auf Italienisch absolvieren zu wollen, als wäre eine fremde Sprache, die man zwischen Volkshochschule und Ehestreitigkeiten aufgeschnappt hat, kein Problem in einer staatlichen Prüfung. Die Prüfung selbst ging ich dann aber optimistisch an. Ich war mir sicher, ich hatte alles gelernt. Wir trafen uns vor dem Marineamt in Grado. Rundherum marschierten Menschen in aufregend weißen Uniformen. Marine, das wäre vielleicht was gewesen, dachte ich bei mir. Gut ein Dutzend Prüflinge warteten auf die Kommission. Immer zu dritt wurde man reingerufen. Ich meldete mich freiwillig für den ersten Durchgang. Ich hatte meine Windrichtungen ja drauf.

Hier kam nun das Problem. Wir wurden also zu dritt reingerufen, nahmen zu dritt gegenüber den drei Mitgliedern der Kommission Platz – und dann schnappte sich jedes Kommissionsmitglied einen Prüfling zugleich! Es erhob sich ein riesiges Geschnatter, ein grandioses Durcheinander auf engstem Raum wie in einer Aperitif-Bar, und ich kam schlicht nicht mehr mit. Die plötzliche Konfusion überforderte meine Sinne. Klar, dass ich auch noch in der Mitte saß. Und dann passierte unfassbarerweise Folgendes: Das Handy meines Prüfers klingelte, er klemmte es sich seelenruhig zwischen Schulter und Ohr, plauderte mit seinem Freund und deutete auf ein Blatt mit Seezeichen, die ich ihm erklären sollte, während links und rechts von mir das Verhalten bei Unwetter und Maßnahmen bei Feuer an Bord abgefragt wurden. Das war zu viel für mich. Hätte jemand meine Augenlider angehoben, hätte er, wie bei Tom und Jerry, ein Schild entdeckt: »Zu vermieten«.

Besonders schlimm: Nini war mit mir reingegangen, um zu sehen, wie ich mich schlug. So blamierte ich gleich mal uns beide. Dabei war das Blatt, das mir der Prüfer vorlegte, schlicht eine Kopie aus meinem Übungsbuch, eine Seite, die ich schon hundert Mal vorher gesehen und anhand derer ich alles gelernt hatte. Eine Steilvorlage? Ein Elfmeter ohne Torwart? Richtig. Ich allerdings brach in Panik aus. Und dann saß ich da.

Und. Ich.

Wusste.

Nichts. Mehr.

Null. Komma nichts.

Würde ich behaupten, mein Gedächtnis wäre vor der Kommission eine weiße Leinwand gewesen, so täte ich den weißen Leinwänden dieser Welt unrecht, die ja zumindest grundiert sowie auf einen Holzrahmen gespannt sind. Ich hingegen war mir plötzlich nicht einmal mehr sicher, um welchen Führerschein es hier eigentlich ging.

Ich fing also an zu nuscheln, um einfach etwas zur Geräuschkulisse beizutragen. Das befriedigte den Prüfer nicht. Nini stöhnte und schlug die Hände über dem Kopf zusammen. Ab und zu versuchte er mich zu motivieren, *dai, dai,* aber es brachte nicht viel. Der Prüfer wollte mein Bestes. Er stellte eine Frage, dann begann er für mich den Antwortsatz. »Welche Farbe hat Steuerbord?«, wollte er also wissen, und dann antwortete er: »Steuerbord hat die Farbe g..., gr..., grü..., na?«

Zwanzig Minuten dauerte das Martyrium. Dann gratulierte mir der Prüfer zum *patente nautica*. Hätte er mir gesagt, er wäre mein leiblicher Vater, mein Staunen wäre unwesentlich größer gewesen. Ich kann es mir nur so erklären. Ich musste einen Prüfer erwischt haben, der seinerseits mal von Nini mit der Frau des Bankdirektors im Bett erwischt worden war. Seitdem herrscht zwischen den beiden eine Übereinkunft, die etwa lautet: Ich sag's keinem, dafür lässt du meine Schüler unter keinen Umständen durchfallen.

Anschließend gingen Nini, die beiden anderen Schüler (die mit Bravour bestanden hatten) und ich in eine Frühstücksbar. Ich gab in rhythmischen Abständen einen neuen Satz zum Besten: *Mi faccio schifo*, Ich bin von mir selbst angewidert. Es war das erste Mal seit meiner Zivildienstzeit, dass ich vor dem Mittagessen ein Bier trank. Und, bei Gott, ich brauchte es.

Mein Jagdrevier

Es ist ja nicht so, dass ich auf dieser Sonneninsel namens Grado so vor mich hin lebe, mir morgens Cappuccinos, mittags Tramezzini und abends Weine verabreiche und die einzige körperliche Betätigung, der ich mich hingebe, sich darin erschöpft, Lilli in den Kindergarten zu tragen und anschließend mein Golfbag auf ein elektronisch betriebenes Kart zu schnallen. Obwohl ich nicht leugnen will, dass es auch solche Tage schon gab. Nein, manchmal mache ich auch richtig aufregende Sachen, und zumeist ist es Mario, der mich mitnimmt. Ich habe das Gefühl, Mario betrachtet mich als sein persönliches Experiment: Wie weit kann er gehen, diesen etwas ungeschmeidigen Deutschen zu einem waschechten Italiener umzuformen? Manchmal bringt er mir ein paar fantasievolle Flüche in friulanischem Dialekt bei, lässt sie mich mehrfach wiederholen und betrachtet mich dabei wie ein zufriedener Professor eine Reaktion im Reagenzglas.

Zu einem Italiener gehört eine gewisse Respektlosigkeit vor Regeln und Anordnungen, was jeder sicher schon einmal erlebt hat, der versuchte, an einer viel befahrenen Straße einen Zebrastreifen zu überqueren. Ordnungswidrigkeiten wie etwa die Erschleichung freien Eintritts sind nicht gerade Volkssport, aber doch um einiges akzeptierter als in Deutschland. Meine kriminelle Energie köchelt allerdings seit jeher auf kleiner Flamme, nicht sosehr aus moralischen Erwägungen, sondern aus Furcht vor dem Erwischtwerden. Ich habe ja schon ein schlechtes Gewissen, wenn ich einen Polizeiwagen nur sehe. Einige meiner Kumpels zur Grundschulzeit waren bemerkenswert fähige Süßigkeitenstehler, aber ich dachte immer nur: Was, wenn ich geschnappt würde? Was würden meine Eltern sagen und was mein Mathelehrer? Später am Gymnasium kam Schwarzfahren in Mode, etwa so wie Teetrinken und U2, aber ich konnte mich für nichts davon erwärmen. Bei Letzteren konnte ich wenigstens noch ästhetische Gründe vorbringen, aber als Schwarzfahrer in einem 40-Personen-Bus entlarvt zu werden, hätte mich vermutlich vor Scham sterben lassen.

Zurück zu Mario. Er nimmt mich im Sommer immer mit zum Fischen. Um vier Uhr morgens verlassen wir den Hafen in seinem Schlauchboot und fahren an eine ganz bestimmte Stelle, an der ein Teil der Lagune ins offene Meer mündet. Dort gibt es ordentlich Strömung, erzählt Mario, und das mögen die *lecce*. Die *leccia*, zu Deutsch Gabelmakrele, kann bis zu einem halben Meter lang werden und schmeckt wie Kalbfleisch mit Flossen, aber sie ist zu schlau, um sich mit der Angel fangen zu lassen. Also begibt sich Mario selbst ins Wasser. Mit Taucheranzug, Schnorchel und Harpune. Dabei gilt es allerlei Sicherheitsbestimmungen und Regeln zu beachten. Wir beachten keine einzige. Das, was wir tun, ist streng genommen Wilderei.

Ich sitze also im Schlauchboot und halte nach der *Guardia Costiera* Ausschau, während Mario unter mir taucht. Seine Jagdtechnik hat er über die Jahre perfektioniert: Er treibt geduldig in Bauchlage an der Wasseroberfläche und atmet durch den Schnorchel. Wenn sich eine Leccia nähert – wir bleiben beim italienischen Namen, weil alle Fischer, mit denen ich gesprochen habe, mir hoch und heilig versicherten, dass eine Leccia eine Leccia ist und eben keine Gabelmakrele; diese spezifische Leccia gebe es nur rund um Grado und in der oberen Adria, und ich bin ja kein Meeresbiologe; der Einschub war viel zu lang, aber keine Angst, der Satz fängt noch einmal von vorn an –: Wenn sich eine Leccia nähert, schlägt er mit der flachen Hand aufs Wasser, denn die Leccia, weiß Mario, ist neugierig. Dann taucht Mario ab und sehr oft mit einer Leccia wieder auf, durchlöchert und noch etwas zuckend. Manchmal müssen wir sie zu zweit ins Boot hieven. Sicher ist ein Harpunenschuss humaner als das qualvolle Sterben im Netz oder an einem Köder. Und moralisch zu rechtfertigen ist es auch, weil wir nämlich am Abend in geselliger Runde die Leccia essen. Diese Rechtfertigungsrhetorik ist bitter nötig, wenn so ein 4-Kilo-Fisch erst einmal zu meinen Füßen liegt, auf dem Boden des Schlauchboots sich Schlieren aus Blut und Meerwasser bilden, Mario sich wieder in die Tiefe verabschiedet hat und ich eine innere Zwiesprache mit dem Tier halte. »Lieber Fisch, ich hoffe doch sehr, du nimmst das nicht allzu persönlich. Außerdem hoffe ich, dass das nur noch irgendwelche Nervenzuckungen sind und du schon längst im Himmel beziehungsweise in der Tiefsee bist, wo du mit deinen Eltern und Großeltern die leckersten Krebse und Muscheln, die dir quasi von selbst ins Maul strömen, verschlingen darfst.« Wenn Mario mehr als unseren eigenen Bedarf erlegt, verkauft er die Lecce an Restaurants, wo sie noch am gleichen Abend den Gästen angepriesen werden.

Während Mario jagt, stehe ich mit dem Fernglas Schmiere. Abgesehen von der Illegalität (die Mindeststrafe beträgt 516 Euro, nach oben sind offenbar keine Grenzen) verstoßen wir gegen so ziemlich jede Sicherheitsregel, die ich ja erst im vorigen Kapitel gelernt habe. So muss einer, der *pesca subacquea* betreibt, an seinem Boot eine rot-weiß gestreifte und weithin sichtbare Flagge hissen, um andere Boote zu warnen und sich selbst zu schützen (jetzt, wo ich nicht vor der Prüfungskommission sitze, perlt es nur so aus mir heraus). Natürlich haben wir eine Flagge nicht einmal an Bord, und auch die Höchstfangmenge von 5 Kilogramm überschreiten wir öfter mal. Ich male mir, wie ich es gern und ausgiebig tue, das Schlimmste aus:

- Ich werde in den Knast geworfen, und die gesamte Familie meiner Frau muss mich auslösen. Sie erwartet mich am Gefängnistor und ist sehr, sehr enttäuscht von mir.

- Ich werde zu einer Strafe verdonnert, die meine finanziellen Mittel um ein Vielfaches übersteigt. Auf Jahre hinaus schreibe ich jeden Artikel praktisch nur für die italienische Wasserschutzpolizei.
- Ich werde zum unerwünschten Ausländer erklärt, darf Laura nie mehr wiedersehen und meine Töchter nur einmal pro Halbjahr per Videotelefon kontaktieren.

Das Heimkommen ist das Beste an der Sache und entschädigt für den Nervenabrieb. Gegen neun Uhr morgens laufen wir den Hafen an, während sich Verwandte und Bekannte also gerade aus dem Bett geschält haben. Meist haben wir schon einige SMS mit unseren Erfolgsmeldungen in die Welt gesetzt, und nicht selten erwarten uns ein paar wohlwollende Menschen an der Anlegestelle, etwa Pepe oder Marios jeweils aktuelle Freundin. Bei ihm wechselt das öfter mal, denn er ist eigentlich nur ins Fischen verliebt, und ich habe den Verdacht, dass sich Frauen allenfalls begrenzt für harpunierte Fische begeistern. Dann ziehen wir das Boot aus dem Wasser und gehen in eine ranzige Kneipe, die ausschließlich Fischern vorbehalten ist, rauen, gutaussehenden Kerlen mit Gesichtshaut wie Parmesanreiben. Das Salzwasser ist es, was einem die Lebensjahre in den Teint reinmultipliziert. Dann bestellt sich Mario ein Bier, wie es nach dem Ende eines harten Arbeitstages gute Sitte ist, und fachsimpelt mit den Kollegen übers Wetter (wird jedes Jahr seltsamer), die Anzahl der Fische (wird jedes Jahr geringer) und den

Preis für den Fang in den Restaurants (dito). Ich stehe mit rosigen Backen daneben: ein Praktikant, einfach nur stolz darauf, irgendwie dazuzugehören.

Falls Sie übrigens wissen wollen, was Mario, der mit seiner Passion auf allerlei schmalen Graten wandelt, von Beruf ist: Steuerberater.

Stefans Kochstudio

Wenn Männer, diese haarigen, hormongesteuerten Wesen, zu denen zu gehören ich mich nicht zuzugeben schäme, wenn also Männer in den letzten zehn Jahren etwas gelernt haben, dann doch wohl dies: Sachen zum Essen sollten zumindest aus drei Zutaten bestehen. Und dieses Wissen kann Ehen retten, denn auch Laura will ab und zu bekocht werden.

Männer sind einsame Wölfe und müssen sich das Kochen selbst beibringen; das ist keine einfache Aufgabe, denn für Männer sind Küchen zunächst eigenartige, nicht zum Haus zu gehören scheinende Vorratskammern, die man in puncto Pflege und Einrichtung ebenso vernachlässigen kann wie den Dachspeicher. In meinen ersten Jahren weg von Mutti war in meiner Küche nicht einmal Deckenlicht angebracht. Mit dem Einkaufen wartete ich so lange ab, bis der Kühlschrank noch eine halbe Zitrone und eine eingetrocknete Ketchuptube enthielt. Dann fuhr ich in den Supermarkt, schnappte mir einen Einkaufswagen und stapelte alles rein, was cool aussah. Als ich es bis zur Kasse geschafft hatte, war der Wagen so voll wie Charlie Sheens Adressbuch. Obendrauf kam noch eine Tonne Schokoriegel, und auf dem Nachhauseweg rissen die Einkaufstüten. Natürlich mitten auf der Kreuzung. Das übliche alltägliche Drama im Leben eines Junggesellen.

Ich merkte, dass ich damit bei Frauen wenig Chancen hatte. Also richtete ich die Küche her und begann mit ersten Experimenten. So wie Männer nie nach dem Weg fragen, würden sie auch nie ihren besten Kumpel um einen Kochtipp bitten. »Was fragt der wohl als Nächstes?«, wird der Kumpel denken. »Wie man sich die Beine enthaart?«

Mein bereits erwähntes Risotto mit Knoblauch, Garnelen und Cashewkernen (das eine von den dreieinhalb Gerichten, die ich kann, ohne dass in meinem Hirn in Neonbuchstaben das Wort »Lebensmittelvergiftung« aufleuchtet) schindet immerhin auch in der italienischen Verwandtschaft Eindruck. Risotto ist ohnehin eine sehr sinnliche Sache, dazu kommen noch Safran, Pfeffer und eine Prise Rosmarin. Wer braucht da noch Viagra? Selbst Minnie schaut mich danach irgendwie lüstern an.

Gut übrigens, dass der männlichste Film aller Zeiten auch einen sehr brauchbaren Kochtipp enthält: In ›Der Pate‹ zeigt Killer Clemenza dem jungen Michael Corleone, wie man Pastasauce verfeinert: mit einem Löffelchen Zucker.

Früher träumten Frauen von Machos. Aber ein Macho kocht nicht. Wer kann sich Mickey Rourke unter einer Dunstabzugshaube vorstellen? Deswegen sind

Machos so out wie Toast Hawaii. Brad Pitt hingegen, der bindet sich für seine Angelina bestimmt ab und zu mal eine Schürze um und zaubert Spaghetti all'arrabiata. Und David Beckham wird immer mal wieder beim Gemüseeinkauf gesehen.

Ich bin trotz der interkulturellen Heirat nicht fein raus. Auch die einst so grandios aufkochenden Italienerinnen haben inzwischen Gefallen daran gefunden, auf der Couch zu zerfließen und durch die Vorabendserien zu zappen, während der Mann im Schweiße seines Angesichts das Risotto umrühren muss. Globalisierung, verfluchte.

Laura wird berühmt

Da fällt mir noch etwas ein, was viel über Laura aussagt – falls der Leser oder die Leserin sie sich immer noch nicht so recht vorstellen kann. Ein Freund von mir betreute bei der Frauenzeitschrift ›Cosmopolitan‹ die Essseiten. Für diese Seiten erfand er eine Serie mit einem etwas sperrigen Titel, der etwa lautete: »Ausländerinnen, die in Deutschland leben, kochen ihr Leibgericht.« Und wie es so ist als Journalist, wildert man in der eigenen Bekanntschaft umher. Mein Freund kam schnell auf mich, also taten wir so, als lebte Laura in Deutschland, was ja nicht ganz falsch war. Der Fototermin war an einem Samstag im März in München, und Laura kam mit drei Kühlboxen und fünf Tüten aus Grado angerauscht. Im Auto roch es noch wochenlang wie in einer Küche. Wie in einer echten Küche, wohlgemerkt, nicht wie in meiner völlig geruchlosen Schwabinger Temporärsingle-Küche, denn eingetrocknete Ketchuptuben und einsame halbe Zitronen riechen ja nach nichts.

Laura also rückte gegen Nachmittag in München an, und es sollte geben: Risotto mit Tintenfischchen und

Seebarsch in der Salzkruste. Tintenfischchen wie Seebarsch waren am Morgen noch im Meer rund um Grado ihrem Tagwerk nachgegangen; Laura hatte sie praktisch den Fischern vom Boot weggekauft. Auch mein Freund, der Schreiber, sowie der Fotograf, der Food Stylist und der Assistent des Fotografen drängten in meine Wohnung, ausgerüstet mit diesen gleißenden Lampen, die wie Filmscheinwerfer aussehen. Vermutlich waren es Filmscheinwerfer. Laura brutzelte unterdessen drauflos. Das Meersalz hatte sie vergessen, um den Barsch darunter zu begraben, und in ganz Schwabing ließ sich kein Meersalz auftreiben, also musste der Assistent des Fotografen losatzen und welches von daheim holen. Währenddessen wurde Laura am Herd von links, rechts, oben, vorn und hinten fotografiert. Der Fotograf und der Food Stylist kamen sich ein bisschen in die Haare, aber das kannte ich schon, ich bin ja selber Journalist. Inmitten des Chaos rief Laura immer wieder seelenruhig ihren Vater an, der ihr Ratschläge gab, wie man das Risotto machen müsse und wie der Fisch gelänge. In mir, der ich Laura ja nun schon ein bisschen kannte, keimte ein Verdacht.

»Hast du das überhaupt schon mal gekocht?«, fragte ich.

»Nein, noch nie«, antwortete sie. »Hier, probier mal.«

Hätte ich auf einem Stuhl gesessen, wäre ich rückwärts vom Stuhl gefallen. Ich sah schon die Essspezialisten von ›Cosmopolitan‹ mit schweren Vergiftungssymptomen im Krankenhaus liegen, Zehntausende von Leserinnen über der Toilettenschüssel und meinen Freund gefeuert und verklagt. Glücklicherweise hatte Laura Wein mitgebracht. Ich widmete mich intensiv der Flasche.

Fotograf und Food Stylist arbeiteten nicht mit ekligen Hilfsmitteln wie Haarspray oder Autolack, um alles appetitlicher aussehen zu lassen (allenfalls kam mal ein Schuss Olivenöl zum Einsatz, um Glanz herzustellen), und so konnten wir sechs es uns schmecken lassen. Was soll ich sagen: Es war ein voller Erfolg. Auf die genaue Wiedergabe der Rezepte möchte ich aus Haftungsgründen verzichten, aber mein Schreiberfreund, ein Feinschmecker, der auch für den ›Feinschmecker‹ Restaurants testet, versicherte mir später glaubhaft, dass er den Salzkrustenbarsch mehrmals zuhause nachgekocht habe; er gelinge immer und nehme stets die perfekte Dosis Salz an.

Wer also wissen will, wie Laura aussieht, kann gern einmal in seiner ›Cosmopolitan‹-Sammlung nachschlagen, die ja in jeden guten Haushalt gehört. Es handelt sich um Ausgabe Juni 2000, und der charmante Titel der Story lautete: »Salz auf seiner Haut.« Und eins ist ja wohl klar: Lieber seine Freundin in ›Cosmo‹ als mit Heftklammern in der Bauchregion im ›Playboy‹.

Fahr doch schon mal vor, Schatz

Das ist die Tragik des Ehelebens: Frühaufsteher heiraten Langschläfer, Vegetarierinnen Steakhausketten-Erben und Strandgänger Bergurlauber. Laura lebt in einem Land, das praktisch nur aus Sonne und Strand besteht. Doch was ist, wenn wir mal eine Woche Zeit für uns haben? Dann will sie in die Berge. Ist das denn zu glauben? Sie will mitten rein in dieses riesige, garstige Hindernis, über das ich mich gerade erst durch Staus, plötzliche Wintereinbrüche, Schlammlawinen und einspurige Tunnel zu ihr in den Süden gequält habe!

Die Insel Grado verfügt über sieben Kilometer puderfeinen, praktisch karibischen Sandstrand. Aber nein, wir fahren im Sommer auf 2000 Meter Höhe. Ich bin kein Bergmensch. Mir sind die Alpen bloß im Weg. Schon Goethe schrieb, so wurde mir zumindest von belesener Seite zugetragen, von den Felsblöcken, die ein Teufel mit riesigem Besen zusammengeschoben haben musste, um den Weg nach Italien zu verbauen. Tut mir leid, Alpen, aber ich freue mich nur über euren Anblick, wenn ich euch im Rückspiegel sehe.

Nun gut, dachte ich, Eheschließung heißt, Kompromisse einzugehen. Und ein Kompromiss heißt dann wohl Bergsee. Als wir also im Juli am Tegernsee waren, sprang ich vom Steg aus direkt rein, wie man das als Mann eben macht. Eine halbe Sekunde später fühlte ich mich dem Tode nahe. Die Hand eines eisigen Riesen drückte meinen Brustkorb zusammen, brüllend tauchte ich auf, schnappte nach Luft und kroch krebsrot aus dem Wasser. Der See hatte gerade einmal 17 Grad; die Adria hatte zu diesem Zeitpunkt 27. Aber Laura fand alles ganz toll (so wie Italiener überhaupt rätselhafterweise auf alles Bayerische stehen) und pries die klare Luft. Luft? Luft? Was interessiert mich im Urlaub Luft? Die atme ich doch jeden Tag. Ich will kochend heißen Sand spüren und Wellen hören, die sich träge am flachen Uferstreifen brechen. Ich will eine Strandbar in der Nähe, die schlechte Sommerhits abspielt und kühle Biere serviert. Ich will tätowierte Tunichtgute, die Surfunterricht geben, und Mädels im Bikini, die ihnen zuschauen. Ich will zwielichtige Silberschmuckverkäufer und tropfendes Eis und klemmende Liegestühle und das Rätsel des ›SZ-Magazins‹. Das ist Sommer!

Um mal einen Mythos aus der Welt zu schaffen: Strandurlauber sind keine Faulenzer. Ich bin sehr aktiv, wenn ich mal am Meer sein darf. Ich nehme mir zum Beispiel eine Menge Bücher mit. Meist lese ich sie dann zwar nicht, aber immerhin habe ich sie am Morgen bis zum Liegestuhl geschleppt und am Abend wieder zurück. Gegen eine Partie Pitsch-Patsch (andere nennen es Beach-Tennis, aber der Begriff ist mir zu prätentiös) im kniehohen Wasser habe ich auch nichts einzuwenden. Und manchmal muss man ja zur Strandbar, um sich einen Kaffee (bis 12 Uhr), eine Cola (bis 16 Uhr) oder ein Bier zu holen. Ach, das Leben ist schön. Hätte man doch bloß jemanden geheiratet, der es einen genießen ließe.

Mein Freund, der Braun

Es gibt da einen Job in Grado, den hätte ich auch gern. Der Job heißt *bagnino*. Der Bagnino ist ein italienischer Archetyp, weil er vieles von dem vereint, was Mitteleuropäern typisch italienisch vorkommt: die Lässigkeit. Die Souveränität. Das Sich-nicht-aus-der-Ruhe-bringen-lassen. Den Charme. Die flirtive Grundeinstellung. Das blau-weiß geringelte Shirt und die Zigarette im Mundwinkel. Ein Bagnino ist Mädchen für alles an einem bestimmten Strandabschnitt. In Grado kostet der Strand Eintritt, ist dafür gepflegt und sicher, und spießig finden das nur diejenigen, die noch nie ein Kleinkind im Gewirr eines heißen Augusttages aus den Augen verloren haben. Die Sache mit der Kostenpflichtigkeit ist natürlich sehr, sehr relativ: Touristen zahlen Eintritt. Dazu addieren sich die Gebühren für eine Holzkabine, Sonnenschirm und Liegestühle. Einwohner Grados bekommen auf all dies massive Ermäßigungen. Aber vor allem kennen sie diejenigen, die die Tickets abreißen. Und zahlen mit einem freundlichen Lächeln. Die Strandverwaltung hat sich daraufhin vor ein paar Jahren einfallen lassen, dass die Kartenabreißer jede Woche ihren Zuständigkeitsbereich wechseln müssen – der kostenpflichtige Strand von Grado ist gut drei Kilometer lang und verfügt über etwa ein Dutzend Eingänge. Nun sieht man des Morgens interessante Migrationsbewegungen, und schnell ist klar, welcher Gradeser Kartenabreißer über den größten Freundeskreis verfügt.

Es ist nicht so, dass der Bagnino ein Tunichtgut ist, meist hat er reichlich zu tun, und allein die gemeingefährliche Aufgabe des Liegestuhl-Aufstellens und -Zuklappens verdient höchsten Respekt. Unser Bagnino heißt Sebastiano, der naheliegenderweise von allen Momi genannt wird, und ihm geht es gut, bis auf ein paar Pflaster an den Fingern. Seine Arbeit beginnt morgens um 8 und endet abends um 19 Uhr, dazwischen sind zwei Stunden Pause. Er klappt am Morgen die gebuchten Sonnenschirme auf, richtet die Liegestühle her, raucht dann mit seinen Stammkunden Zigarette,* gibt Wetterprognosen für die nächsten Tage ab und klappt am Abend Sonnenschirme und Liegestühle zusammen.

Das ist das Besondere am Bagnino: Er ist ein integrativer Teil des Sommers, kein Blockwart, sondern eher ein freundlicher Nachbar, der einem immer mit etwas aushilft: mit Feuer, mit einem Frisbee oder mit einem extra Liegestuhl, falls Besuch kommt. Insofern ist er viel höher angesehen als ein einfacher Dienstleister.

* Momis Klientel bucht seit Jahren, ja Jahrzehnten, denselben Sonnenschirmplatz, siehe Kapitel »Die Gang der Gelben Sonnenschirme«, Seite 178 ff.

Dazu verströmt er noch die Kompetenz eines ehrlichen Handwerkers, der kleinere Reparaturen sofort und unentgeltlich ausführt. Ein guter Bagnino ist wie ein guter Kumpel auf Teilzeit. Ein Gesellschafter. Oft sitzt Momi bei meiner Schwiegermutter, und sie verstehen sich verdächtig gut. Will sagen: Momi als Schwiegersohn schiene meiner Schwiegermutter nicht unrecht. Vor allem, weil er Milan-Fan ist und ich nicht.

Die Schattenseiten des Bagnino-Daseins: Die Bezahlung ist lausig, die Aufstiegsmöglichkeiten sind naturgemäß begrenzt, der Job taugt zudem nur für die Sommermonate. Aber Momi hat Glück, er gehört zu den wenigen Ganzjahres-Bagnini, die auch im Winter für die Strandverwaltung arbeiten. Zudem bekommt er von den Stammkunden am Ende des Sommers gutes Trinkgeld.

Wenn man erst einmal eine Weile am Strand ist, dann merkt man: Es gibt sogar noch einen besseren Job als den des einfachen Bagnino. Und der nennt sich *salvataggio*. Das sind Rettungsschwimmer, die etwa 50 Meter vom Ufer entfernt in Ruderbooten dümpeln, über sich einen Sonnenschirm, bei sich eine Rätselzeitschrift und einen Minikühlschrank voller kalter Getränke. Mittags kommen die *bagnini di salvataggio* (so viel Zeit muss sein) ans Ufer gerudert, zeigen ihren Teint her und trinken mit den Strand-Bagnini gespritzten Weißwein. Nachmittags geht es wieder raus an den Arbeitsplatz. Mir scheint, die Salvataggi nehmen am Strand von Grado eher symbolische Aufgaben wahr, denn zum einen ist das Wasser so flach, dass es beim besten

Willen unmöglich ist, darin zu ertrinken, und zum anderen sind in diesen Breitengraden noch nie weiße Haie oder wenigstens Blauhaie gesichtet worden, weil auch die das flache Wasser nicht mögen und wahrscheinlich auf ihren Schwanzflossen auf Beutezug watscheln müssten, was den für Jäger so wichtigen Tarneffekt stark vermindern würde – aber ich will diesbezüglich nichts beschreien.

Wer den Job des Salvataggio sterbenslangweilig findet, dem seien mal ein paar Stichwörter hingeworfen: Dostojewskis Gesammelte Werke. Ein I-Pod. Und eine Bierdose, so kalt, dass sie an den Fingern klebt.

Lernen mit Laura: Schlangestehen

Ich will mich nicht über die DDR lustig machen. Ich bin ja selbst im so genannten Zonenrandgebiet aufgewachsen, also gerade noch im Westen, und sehr viel glamouröser war das auch nicht. Wäre ich aber drüben groß geworden, wäre ich vermutlich verhungert. Oder zumindest nie in den Genuss von frischem Obst gekommen. Denn ich kann mich nicht in Schlangen anstellen. Ich bringe es einfach nicht fertig.

Zum Beispiel bin ich ein Freund von Museen. Das sind die Orte, in denen man Ruhe hat vor der Welt, in denen die Zeit sich verlangsamt und hässliche Alltagssorgen wie Steuererklärung, Wasserrohrbruch und fünf Kilo Übergewicht wie aus einer anderen Galaxie scheinen. Aber soll ich mich in der Pinakothek der Moderne in München vier Stunden anstellen, um drei Stunden Ruhe zu haben? Ich war zwar nie gut in Mathe, aber ich behaupte mal kühn: Die Rechnung geht nicht auf.

Im September haben Laura und ich mit Paolo und

Marta ein paar Tage in Florenz verbracht. Das war ein Fehler, denn es herrschten Jahrhundertsommertemperaturen, und selbst eine der schönsten Städte der Welt fängt bei 42 Grad an zu müffeln. Jedenfalls hatte ich mir vorgenommen, die Uffizien zu sehen, die eine der bedeutendsten Kunstsammlungen der Welt beherbergen. Als wir dort am Morgen ankamen, hatte sich die Schlange bereits um zwei Häuserblöcke gewickelt. Als wir am späten Vormittag erneut vorbeikamen, hatte sich die Schlange mit dem gesamten florentinischen Stadtzentrum vereint. Menschen, die sich zu sehr in ihre Nähe wagten, wurden regelrecht aufgesogen. Ich könnte schwören, dass sogar ein Blumenstand, der zufällig in der Nähe war, einfach mitgeschleift wurde.

Sind Botticelli, Michelangelo und Tizian es wert, dass man sich fünf Stunden für sie anstellt? Die Antwort lautet: Natürlich sind sie das. Aber ich gehe lieber in eine Bar um die Ecke und trinke einen Kaffee. Deswegen habe ich auch nie den Louvre geschweige denn die Mona Lisa gesehen, oder, wo ich schon mal dort war, Paris von oben, denn auch vor den Aufzügen des Eiffelturms stand halb Japan.

Ich weiß, dass Michelangelo mir gut tun würde, so wie ich weiß, dass mir Rote Bete oder eine eiskalte Dusche am Morgen gut tun würden. Trotzdem kriege ich lieber einmal pro Jahr eine Erkältung, als dieses Höllengemüse runterzuwürgen oder mir schon vor dem Frühstück den Morgen zu verderben.

Frauen haben einen pragmatischeren Zugang zu Schlangen. Laura plaudert höflich mit der Dame vor ihr und dem Ehepaar im Rücken und lobt den Zahnwuchs des Kleinen, dessen Wassereis gerade auf meine hellen Lederschuhe tropft. Ich kann bei solchen Unterhaltungen nicht mitmachen, denn ich denke bloß: »Was wollen diese Menschen hier? Haben die kein Zuhause?« Vor allem aber kann Laura mit der Situation auf die italienische Art umgehen: nämlich lächelnd an der Schlange vorbeizuschweben. Und wie durch ein Wunder den Burschen an der Kasse zu kennen, der für die Tickets zuständig ist. So funktioniert das südlich der Alpen. Ich bin mir sicher: In der DDR hätte sie mir jeden Tag meine Banane herbeigezaubert.

Ihr ständiger Begleiter: Ich bin's nicht

Manchmal denke ich, dass Laura Schmerzen am Ohr haben muss. Sie verlangsamt ihre Schritte, ich stehe schon mit dem Kinderwagen an der nächsten Ecke und blicke mich sorgenvoll um, doch dann sehe ich, was los ist: Sie hat jemanden angerufen. Oder sie wurde angerufen. Für die nächsten zehn Minuten habe ich sie verloren. Nicht, dass sie nur telefonieren könnte. Nein, nebenbei kann sie auch noch Windeln wechseln, zwei Chinotto bestellen und ihr Auto in eine Parklücke rammen. Aber die Kommunikation mit ihr gestaltet sich schwierig, wenn sich Silvana gewissermaßen per Satellit zwischen uns schiebt und über ihren Alessandro und die unbotmäßige Hitze in Turin klagt.

Laura ist eine Frau, und Laura ist eine Italienerin – das ist Telefonieren in Potenz. Jeden Tag wird von jedem Winkel dieser Welt jedes Mitglied der Familie angerufen. Ich verstehe nicht, wie es so viele Dinge zu sagen geben kann. Ehrlich: Jeder Italiener und jede Italienerin, die ich kenne, telefonieren einmal am Tag mit den Eltern. Einmal am Tag! Bei mir gab es Zeiten, da war einmal im Jahr eine übliche Frequenz. Italiener telefonieren auch dann täglich mit ihren Eltern, wenn sie noch zuhause leben! Obwohl ich die Sprache leidlich verstehe, ist es mir unbegreiflich, was es da alles zu erzählen gibt. Andererseits haben Italiener die Gabe, aus jeder Kleinigkeit eine große Sache zu machen, wie jeder weiß, der schon einmal eine intensive Unterhaltung zwischen zwei älteren Herren in einer Bar verfolgt hat. Sie schreien sich an, sie fluchen, sie schlagen einander mit der flachen Hand auf die Brust, sie lachen, sie jubeln, sie schlagen die Hände über den Köpfen zusammen, und manchmal kriegt einer von ihnen vor Aufregung Nasenbluten. Das Thema? Was es heute daheim zu essen gibt.

Das Verblüffende am Handy ist die Beiläufigkeit, mit der es inzwischen benutzt wird: Man telefoniert so ganz nebenbei, als würde man mit einem Zahnstocher spielen. Das Handy hat der Telekommunikation jeden besonderen Moment genommen, jeden Reiz und jeden Zauber. In den Fünfzigerjahren, als die Telefone die privaten Haushalte erreichten, nahm die Hausfrau, wenn es klingelte, noch die Schürze ab und richtete sich die Frisur, bevor sie zum Hörer griff. Wenn das Handy heute klingelt, nimmt man nicht mal mehr die Zigarette aus dem Mundwinkel.

Mir geht mein Handy, das nur hierzulande so heißt (im Englischen heißt es *mobile* oder *cell phone*, im Italienischen verniedlichend *telefonino*), auf den Keks. Simsen dagegen, das macht Spaß, und man kriegt alles Wesentliche gesagt. Man hat ja nur 160 Zeichen, das ist eine sinnvolle Beschränkung. Schade, dass dieses Limit nicht auch für Gespräche gilt: Nach 160 Wörtern wäre automatisch Schluss.

Die berühmteste SMS der neueren deutschen Geschichte lautete: »Ich habe dich gern, aber ich habe es mir noch mal überlegt. Es geht nicht, ich wünsche dir alles Gute.« 101 Zeichen, klar und kompakt. Damit machte ein Model namens Nadja Abd el Farrag mit einem Komponisten namens Ralph Siegel Schluss, und dafür wurde das Model böse angegangen. Ich finde, sie hat alles richtig gemacht: Was hätte es sonst noch groß zu sagen gegeben? Das ewige Problemausgequatsche ist eine Erfindung der Siebzigerjahre und sollte allmählich mal vergessen werden, so wie die Hits von Boney M. Dass ausgerechnet eine Frau auf diese Art eine Beziehung beendet, zeigt, wie erfolgreich sich traditionelle Männer- und Frauenrollen auflösen. Glückwunsch, Nadja!

Was mich an Laura verwundert: Sie sagt nie »Ich rufe gleich zurück«, selbst nicht in brenzligen Situationen oder an der Supermarktkasse. Für mich gibt es nichts Peinlicheres, als in der Schlange an der Supermarktkasse ein Handy zu benutzen, denn ich weiß: Jeder hört mir zu, und meist ist das Gequatsche ja auch elendig banal. Dieses Problem stellt sich für Laura nicht. Nicht nur deswegen, weil sie hart im Nehmen ist. Sondern auch deswegen, weil in Italien die Hälfte der Supermarktkassenschlange ebenfalls telefoniert. Inklusive der Kassiererin.

Für Besseresser

Unternehmen wir einen kleinen Ausflug in die Gastronomie. Vor dreißig Jahren gab es in Deutschland praktisch keine Restaurants, sondern nur Landgasthöfe mit Hirschgeweihen an der Wand, Dorfkneipen mit Tagesgericht und angeschlossener Kegelbahn, ein paar exotische Pizzabäcker und Gyros-Abfütterstationen (»Noch einen Ouzo aufs Haus?«). Dann kam Eckart Witzigmann und brachte den Deutschen das Essen bei. Wir sind eine spätgeborene Gourmetnation. Und genau da liegt das Problem.

Wir versuchen uns verzweifelt anzueignen, was Italiener und Franzosen schon seit Generationen genießen: die sinnliche Erfahrung eines guten Essens. Aber wer Dinge aufholen will, der schießt meist übers Ziel hinaus. Und besonders schlimm machen das die Männer, denn Frauen haben ein natürlicheres Verhältnis zum Essen (wenn sie es nicht umgehend in der Toilette verschwinden lassen, was offenbar ein immer größeres Problem wird).

Vor ein paar Jahren noch saßen Männer rülpsend am Tisch und schneuzten in die Stoffserviette. Einen Cabernet hielten sie für ein Möbelstück, ein Amuse-Gueule für eine aufregende Sexualtechnik. Doch jetzt belästigen sie die Bedienungen mit Fragen wie: »Enthält die Minestrone nicht zwei Gramm Oregano zu viel?« oder »Dieses Oktopus-Carpaccio ist vorzüglich. Lassen Sie mich raten: Zitrone, Knoblauch und Aceto Balsamico, richtig?«

Ein Mann mit einer Weinkarte sieht oft noch ähnlich hilflos aus wie eine Frau mit einer Schlagbohrmaschine – beide wissen nicht einmal, wie man das Ding richtig hält. Diese Männer überspielen die Hilflosigkeit damit, dass sie laut und entschlossen irgendeinen teuren Wein ordern (in 95 Prozent der Fälle einen Chardonnay). Dabei wäre es sehr einfach. Laura macht das so: Sie sagt, was sie zu essen gedenkt, und lässt sich dazu einen passenden Wein vorschlagen. Das ist souverän.

Doch jetzt bevölkern immer mehr Deutsche die Restaurants, die schon beim ersten Schluck erkannt haben wollen, dass es sich bei dem Wein um einen 1973er Merlot aus der südwestlichen Rhône-Region handelt, mit starker Nase und wenig Tannin, etwas zu stark im Barrique aus handgebeizter Eiche ausgebaut, und natürlich tun sie ihre Meinung laut kund. Tolle Kerle, oder? Lassen Sie mich Folgendes fragen: Würden Sie bei einer Dinnerparty gern neben so einem Typen sitzen wollen? Eben. Niemand würde das.

Mein Vater hat 25 Jahre lang als Küchenchef gearbeitet, und er hat mir zwei oder drei Dinge über das Essen und Trinken beigebracht. Unter anderem das: Beim Essen sollte man sich Gedanken über das Essen machen. Und nicht darüber, wie man den Kellner oder den Nebentisch beeindruckt. Denn machen wir uns nichts vor: Nur ein kleiner Prozentsatz von uns kann einen Pinot Grigio von einem Pinot Bianco unterscheiden. Und Paula Bosch, Sommelière des Münchner Restaurants Tantris (wo in den Siebzigerjahren die kulinarische Aufholjagd begann), formulierte es einmal so: Kaum ein Mensch unter 40 kann den Unterschied zwischen einem 50-Euro-Wein und einem 200-Euro-Wein erkennen; aus dem einfachen Grund, weil man schon sein halbes Leben teuren Wein getrunken haben muss, um die Nuancen zu erschmecken, die diese Preiskategorien unterscheiden.

Die besten Restaurants in Grado sehen nach nichts aus, haben rot-weiß karierte Papiertischdecken und einen laufenden Fernseher in der Ecke. (Lustig: Die Plätze vor dem Fernseher sind sogar am begehrtesten. Italiener mögen eben den Trubel.) Hunde sind nicht geduldet, Kinder schon. Rätselhafterweise ist das in Deutschland zumeist umgekehrt. Die Gäste verkleiden sich nicht wie in Deutschland, sondern kommen in Alltagskleidung. Wobei man konzedieren muss, dass Italiener in Alltagskleidung oft immer noch besser aussehen als der Rest der Welt im Anzug. Man lässt sich meist nicht einmal die Speisekarte bringen, sondern hört sich an, was die Küche empfiehlt. Die umständlichen Rituale besserer Restaurants vor allem in Amerika (»Bitte warten Sie, bis Sie an Ihren Tisch geführt werden«) sind hier unbekannt. Überhaupt muss in den USA flott Essengehen ein echter Stress sein: Mein Kumpel Igor (er heißt wirklich so) ist 1,92 Meter groß und hat die Figur einer Zapfsäule. Sein Händedruck kann töten, dennoch benutzt er seine Finger, um die vermutlich bezauberndsten, zartesten, blättrigsten Süßspeisen zu kreieren, die sich in ganz Friaul naschen lassen.* Erst vor kurzem kehrte er aus den USA zurück, wo er sich ein Jahr lang in den besten amerikanischen Restaurants weitergebildet hatte. Und dort gibt es, berichtete er bei seiner Rückkehr, fünf *gironi* pro Tisch: In Spitzenrestaurants wird also jeder Tisch am Abend fünfmal besetzt. Was bedeutet: Pro Tafelgesellschaft bleibt nicht einmal eine volle Stunde. Das sollte man mal in Italien durchzusetzen versuchen, wo die Gäste so ab acht Uhr eintrudeln und oft nur unter Androhung von roher Gewalt (hier kommt wieder Igor ins Spiel) bis Mitternacht das Feld räumen.

In Nationen, die aufholen müssen, haben sich viel kuriose Attitüden eingeschlichen. Über die Hochgastronomie zu spotten ist zwar genauso originell wie über die Bahn, die Post oder den Euro zu schimpfen; ich gebe hiermit zu Protokoll, dass ich in sehr teuren Restaurants auch schon sehr gut gegessen habe, aber einiges stößt mir doch immer wieder sauer auf. Warum, zum Beispiel, wird neuerdings alles gestapelt? Der Teller ist praktisch leer bis auf ein paar Tropfen Aceto Balsamico, aber in der Mitte stapeln sich Fisch

* Ristorante Al Ponte, Gradisca d'Isonzo, Viale Trieste 122, Tel. 0481/99213.

oder Fleisch dezimeterhoch empor, aufgeschichtet auf den Beilagen wie Kartoffeln, Broccoli und Ingwerscheiben. Ja, ich habe begriffen, dass man nichts essen sollte, was über den Tellerrand lappt, aber diese Reduzierung in der Mitte finde ich befremdlich. Was soll mit dem Weißraum drum herum passieren? Darf man den nicht schmutzig machen? Wird der vermietet? Raum für Notizen?

Dazu kommt, dass nichts mehr so aussieht wie einst. Früher konnte man sich sicher sein, welcher Teller für einen selbst bestimmt war, wenn der Kellner kam, aber heute sehen die Lachsfilets aus wie Lammfleisch oder Taubenbrüstchen. Wer beispielsweise ein Steak bestellt, bekommt heute etwas Kleines, Vorgeschnittenes und Aufgestapeltes. Als Steak ist das nicht mehr zu erkennen. Und noch etwas: Ja, wir haben verstanden, dass ihr Spitzenköche aus allem, wirklich allem, ein Sorbet zaubern könnt. Nun lasst es bitte gut sein.

Eine erstaunliche Beobachtung: In italienischen Spitzenrestaurants, die weitgehend von Deutschen und Amerikanern frequentiert werden (etwa in Verona oder Venedig) können die Stapel gar nicht hoch genug geschichtet, die Speisen gar nicht entfremdet genug zubereitet sein. Hauptgerichte sind auf der Karte - mindestens dreizeilig. Italienische Spitzenrestaurants in der touristischen Diaspora, etwa in Vicenza und Udine, servieren auch noch dampfende Teller von Pasta, die wie Pasta aussieht.

Männer im Restaurant können sich kräftig blamieren, und die Restaurants selbst haben auch manchmal nicht alle Tassen im Schrank. Aber Frauen können ebenfalls schnell ihren Charme an einem gedeckten Tisch verspielen. Es gibt nichts Unangenehmeres als eine Frau, die sich einen Abend lang von Wasser und grünem Salat ernährt. Laura, wie schon erwähnt, isst alles, was nicht sie zuerst isst, und auch in lustvollen Portionen.

Diese Unerschrockenheit empfinde ich als zutiefst erotisch, aber ich gebe zu, ich bin da subjektiv.

Beim Charmeurcoiffeur

Meine erste Freundin hat mir beigebracht, dass man mittelfristig keine Chance bei einer Frau hat, wenn man länger als zwei Minuten mit dem BH-Verschluss kämpfen muss. Der gesunde Menschenverstand hat mir beigebracht, dass man möglichst keine Baseballkappen tragen sollte, und wenn schon, dann ganz bestimmt nicht verkehrt herum. Nur die Scheu vorm Friseur, die brauchen wir Männer nicht zu lernen: Die ist irgendwie angeboren. Kleine Jungs, die zum ersten Mal beim Friseur sitzen, heulen Rotz und Wasser. Kleine Mädchen haben fast nie Angst vor dem Friseur. Meine Lilli zum Beispiel kann es gar nicht abwarten, zu Alida zu gehen, die ihr hübsche Zöpfe macht. Kleine Jungs dagegen sehen die Scheren und glauben, dass Haare schneiden wehtun muss, die armen Hosenscheißer. Und die Frauen mit ihren Lockenwicklern unter den summenden grauen Trockenhauben wirken wie Wesen aus einer bösen Welt.

Unsere Angst vorm Friseur weicht später, wenn wir aufwachsen, purem Misstrauen. Den Friseursalon mit seiner künstlichen Hitze und dem Gestank nach Haarspray halten wir für eine Art Vorhölle. Kaum ein Mann geht gern zum Friseur. Männer mit hässlichen Frisuren (Gottschalk) leiden möglicherweise nicht unter schlechtem Geschmack, sondern unter Friseur-Paranoia. Frauen dagegen lieben den Friseur, so wie sie auch das Nagelstudio lieben, das für uns einer Folterkammer gleichkommt (Die Instrumente! Die raspelnden Geräusche!). Doch Männer sind trotz ihrer genetischen Anti-Scheren-Prädisposition durchaus lernbereit. Ich habe dank Laura entdeckt: Friseure sind was Wunderbares.

Man muss nur, wie immer und überall im Leben, den Richtigen finden. Meine Erleuchtung hatte ich bei Fernando in Padua, der in einem marmornen Palazzo seinem – in Italien überaus ehrbaren – Beruf nachgeht. Es sind immer so etwa acht Friseurinnen anwesend, denn Fernando ist ein Charmeurcoiffeur. Bevor er loslegt, wäscht mir eine der Friseurinnen die Haare, die nächste führt mich zum Sitz, die dritte bietet mir Kaffee an. Die Friseurinnen sehen sehr hübsch aus und bewegen sich lasziv.* Wenn wir in kommunikativer Laune sind, erzählt mir Fernando die Geschichte, dass er einmal extra nach München gefahren ist, um dort den AC Mailand in einem Europapokalspiel zu sehen. Wie viele Friseure gibt es in Deutschland, die sich für Fußball interessieren? Wenn ich meine Ruhe haben möchte, schaue ich mir in der italienischen Klatschpresse Bilder von Michelle Hunziker an, die sich im Bikini fo-

* Sollte dieses Buch je auf Italienisch erscheinen, bin ich erledigt.

tografieren lässt und beteuert, dies seien ihre letzten erotischen Aufnahmen, fortan wolle sie nun aber endgültig eine ernsthafte Schauspielerin/Moderatorin werden. Unterdessen werden meine Haare zum zweiten Mal gewaschen; dabei wird die Kopfhaut massiert. Ich fühle mich bei all diesen Behandlungen cäsarisch.

Ist Fernando teuer? Nö. In München zahle ich für meinen Allerweltsschnitt bei einem Allerweltsfriseur 32 Euro. Bei Fernando zahle ich etwas mehr als die Hälfte. Und kann mir noch eine Handvoll Fruchtbonbons, die an der Kasse stehen, in die Tasche stecken.

Friseure werden in Filmen immer als exaltiert dargestellt, dabei beweist eine alte deutsche Erzählung, dass Friseure kaltblütiger als Ivan Drago sein können. Die Erzählung geht ungefähr so: Ein Rittersmann auf der Durchreise betritt die örtliche Barbierstube. Er sagt zum Barbier: »Machen wir ein Spiel. Ich zahle dir das Vermögen von fünf Goldstücken, wenn du mich rasierst. Aber beachte: Wenn du meine Haut auch nur einmal schneidest, dann hau ich dich mit meinem Schwert entzwei.« Der Barbier denkt kurz nach, willigt ein, schärft seine Messer und beginnt mit der Rasur. Er arbeitet schnell, sicher und ohne jegliche Nervosität. Am Ende ist der Ritter perfekt rasiert, und der Barbier hat nicht die geringste Schramme hinterlassen. »Wie konntest du so ruhig bleiben, obwohl doch dein Leben auf dem Spiel stand?«, fragt der Ritter. »Edler Herr«, antwortet der Barbier, »hätte ich dich auch nur einmal angeritzt, hätte ich dir sofort und ohne zu zögern die Kehle durchgeschnitten.«

Wer Fernando in Padua mal besuchen möchte: Piazza Garibaldi 4, erster Stock. Er ist für beide Geschlechter da und lässt sich nie auf zweifelhafte Wetten um sein eigenes Leben ein. Wenn Sie am Samstag hingehen, lernen Sie gleich Minnie, meine Schwiegermutter, kennen, die oft nur für ihre Frisur von Grado nach Padua fährt. Das ist die, die den ganzen Laden mit Geschichten ihres seltsamen Schwiegersohns aus Germania unterhält. Und bitte, bitte: Bringen Sie mir ein paar Fruchtbonbons mit.

Wer ein Auto kauft, sollte eine Schwiegermutter dabeihaben. Am besten meine

Im Leben eines Mannes gibt es ein paar entscheidende Eckpunkte: Die Einschulung. Der erste Kuss. Das erste selbst zusammengebaute Ikearegal. Das erste selbst zusammengebaute Ikearegal, das nicht zusammenkracht, weil man dachte, die langen Schrauben seien nicht wichtig. Und dann ist da natürlich der erste Autokauf.

Mein erstes Auto war ein Lancia Autobianchi A112. Ich kaufte ihn gebraucht, und der Händler, dessen Namen nicht zu nennen mir äußerst schwer fällt, betrog mich nach Strich und Faden. Ich war zum Feilschen zu blöde, was sich fortan durch mein ganzes Leben ziehen sollte. Laura sollte mir auch beibringen, dass das ganz anders geht. So wie sie mir später beibrachte, dass Fisch nicht immer in Stäbchenform daherkommt.

Als wir beide unser erstes Familienauto kauften, verwirrte sie mich zunächst mit ihrem Sinn fürs Praktische, der bei Frauen immer im falschen Augenblick zum Vorschein kommt. Ich träumte von einem schneeweißen Porsche. Oder dem Volvo XC 90 oder dem Maserati Quattroporte oder dem uralten Alfa Romeo Spider oder dem ... Doch dann reihte Laura sehr viel italienisches Vokabular aneinander, das, grob zusammengefasst, etwa Folgendes bedeutete: Denk ans Kind, denk an den Spritverbrauch und denk vor allem an dein Postsparbuch, auf dem nur 750 Euro sind.

Frauen. Ein asymmetrischer Stofffetzen, der vierstellig kostet, nur weil der Name des Designers auf o, a oder i endet – wo bleibt denn da bitte schön die praktische Abwägung? Eine kleine Eselsbrücke: Für Männer sind Autos das, was für Frauen Schuhe sind. Und wären Autos nicht so verdammt teuer, hätten wir Männer genauso viele davon wie Paris Hilton Stilettos. Autos wie Schuhe sind nicht nur dazu da, um von A nach B zu kommen, sondern auch, um zwischen C und D ein paar bewundernde Blicke zu erhalten.

Als wir (Laura) endlich ein Modell gefunden hatten, brachte mir meine italienische Familie bei, wie man mit Autohändlern umgeht. Zuerst einmal gilt es, wie beim Fußball eine Überzahlsituation herbeizuführen. Wir saßen zu sechst inklusive Schwiegermutter in dem Büro des bereits durch die schiere Masse völlig eingeschüchterten Händlers. Als er den Listenpreis verkündete, schnaubten Leo und Luca, und das Schnauben klang genau wie: *Listenpreis? Für wie blöde hältst du uns?* Dann sagte Minnie: »Reden wir über den Rabatt.« »Äh ja«, stotterte der Händler, »ich kann Ihnen bei Sofortzahlung sieben Prozent anbieten und die Klimaanlage ...« – »Sieben Prozent geben die anderen auch«, sagte Minnie. »Wissen Sie, das Auto ist sehr gefragt, und der Wiederverkaufswert ...« Nun gähnte Minnie. Wie auch immer sie das so auf Kommando hingekriegt hatte: Der Effekt war verblüffend, denn der Händler brach zusammen.

Ich glaube, wir zahlten am Ende die Hälfte. Ich fahre jetzt einen Kombi, der so sexy wirkt wie ein Großvater mit Halbglatze. Aber immerhin steht es zwischen mir und den Autohändlern 1 : 1.

PS: Neulich sah ich den Händler wieder, bei dem wir den Kombi gekauft hatten. Er betreibt jetzt einen kleinen Zeitungskiosk.

Stapelweise Urlaubsglück

»Pack die Badehose ein …« Was für ein frommer Wunsch! Für einen gewöhnlichen Ausflug ans Wasser benötigt Laura, ansonsten angenehm pflegeleicht, zusätzlich Folgendes: Handtuch (groß), Handtuch (klein), Sonnenlotion, einen Roman (anspruchsvoll), einen Roman (Herzschmerz) – auf die durchaus berechtigte Frage, ob sie denn an einem Nachmittag beide lesen wolle, antwortet sie: »Nur den, für den ich nachher in Stimmung bin« – sowie Bürste, Haarspangen, Klatschblätter, eine Rätselzeitschrift (Italienerinnen gehen nicht in die Nähe des Wassers ohne die ›Settimana Enigmistica‹), Feuchtigkeitscreme, Lippenpflegestift, Flip-Flops, Badeanzug zum Wechseln sowie eine Wassersprühvorrichtung mit eingebautem Ventilator (hat das Ding etwa einen Namen? Oder ist es so namenlos wie dieser Balken, den man an der Supermarktkasse zwischen seinen Einkauf und den des Vordermannes legt?). Conny Froboess, die Sängerin von der Badehose, war entweder unfassbar naiv oder sie war eine dieser unkomplizierten Frauen, die man, lernt man eine kennen, umgehend heiraten sollte.

Der deutsche Schlager, man ahnt es, ist von der Wirklichkeit so weit entfernt wie Neun Live von Arte. Und wir reden hier nur von einem Gang über die Straße. Auf größeren Reisen wird die Sache wirklich dramatisch. Ich fahre einen Volvo. Er ist nicht besonders neu, und er ist nicht besonders schnell. Aber er ist, verdammt noch mal, besonders geräumig. Das nächstgrößere Fahrzeug wäre ein Reisebus. Doch schon ein fünftägiger Ausflug in die Toskana stellt uns vor schwere logistische Probleme. Ich muss um jede freie Ecke kämpfen, denn es wäre ja schön, etwas aus der Toskana mitzubringen, etwa den völlig überteuerten Wein der skrupellosen Winzer links und rechts der *Chiantigiana*, der Landstraße zwischen Florenz und Siena. Allerdings sind wir schon beim Losfahren so überladen, dass ich froh bin, wenn ich die Person auf dem Beifahrersitz noch erkennen kann. Lastwagenfahrer überholen uns und winken mitleidig. Unsere Reisen sind Umzüge auf Zeit.

Dass wir es dennoch schaffen, am Ende des Urlaubs mehr Gepäck zu haben als zu Beginn, ist nichts weniger als ein Wunder. Dafür dauert das Wiederbeladen dann einen Tag; oft haben uns schon ganze Dorfgemeinschaften dabei zugesehen und einmal sogar gefilmt – ich glaube, dass ich in der italienischen Version von ›Pleiten, Pech und Pannen‹ (für Kenner: die Sendung heißt ›Paperissima Sprint‹) bereits zu einigem Ruhm gekommen sein könnte. Und dann schlingert das Auto am Rande der Verkehrstauglichkeit über den Apennin, beladen mit 700 Kilo Koffern und 1000 Kilo Angst.

Ein Globetrotter gab mir einmal folgenden Tipp: Wenn du verreist, schreib drei Listen. Auf die erste schreibst du, was du mitnehmen solltest. Auf die zweite schreibst du, was du mitnehmen *musst*. Auf die dritte schreibst du, was du *unter allen Umständen* mitnehmen musst. Dann schmeiß die ersten beiden Listen weg und halt dich an die dritte. Der Globetrotter hat inzwischen 144 Länder dieser Welt gesehen. Der Globetrotter ist inzwischen dreimal geschieden.

PS: Der geheimnisvolle Balken an der Supermarktkasse hat übrigens, wie ich kürzlich herausgefunden habe, tatsächlich einen Namen. Er heißt »Warentrenner«.

Colazione, einsam

Zwei knusperfrische Brötchen. Wacholderschinken. Ein Ei. Joghurt. Orangensaft, am Wochenende sogar frisch gepresst. Die dicksten Zeitschriften, die es zu kaufen gibt. Eine Kanne Kaffee. Eine Stunde Zeit. Das ist mein Frühstück, wenn ich in München bin. Ich bin dabei allein. Und frage mich, ob ich unnormal bin oder der Rest der Welt. Frauen jedenfalls meiden mich am Morgen.

Klar, es gibt Frauen, die essen morgens mit Genuss. Sie sind mir bloß noch nie begegnet. Während meiner Flegeljahre kannte ich nur die, die entweder gar nicht aufstanden, oder die, die sich an den Frühstückstisch setzten, um zu rauchen und ihre Zigarette in meiner Eierschale auszudrücken, wo sie mit einem grauenhaften Zischen verendete.

Oh, ich wäre bereit, Laura am Frühstückstisch zu verwöhnen, mit der Geschmeidigkeit eines Fred Astaire würde ich um sie herumwirbeln und ihr Kaffee nachschenken, mit der Raffinesse eines Paul Bocuse ihr ein Rührei mit Petersilie zubereiten. Und wenn sie wollte, würde ich ihr die Meldungen aus der Zeitung mit der Inbrunst eines Enrico Caruso vorsingen. Allein: Sie will nicht.

Wahrscheinlich ist es so: Für uns Männer ist jeder Tag eine Jeep-Safari. Und das Frühstück ist der Treibstoff. Für Frauen hingegen ist das Frühstück eher die Störung der morgendlichen Routine und liegt auf der Wertigkeitsskala irgendwo zwischen Oberlippenhaar entfernen und Handy von der Ladestation nehmen. Für uns ist jeder Tag ein neues Abenteuer. Mit welchem ausgeklügelten Plan können wir in der Konferenz die Marketingabteilung auf unsere Seite ziehen? Wie schaffen wir es, möglichst unbemerkt vom Chef unseren Jahresurlaub im Netz zu recherchieren? Wann können wir die neue Espressomaschine des Vorstandes für uns nutzen, ohne dass es jemand merkt? Um im Dschungel des Lebens zu bestehen, brauchen wir eine Kräftigung. Dafür stehen wir sogar schon um 6 auf, denn der frühe Vogel fängt den Wurm.

Jahaaa, in Italien, rufen die Leser jetzt, da frühstückt man, wenn überhaupt, nur eine Tasse Kaffee und einen mikrowellierten Brioche. Italiener schütteln sich vor Ekel, wenn sie hören, dass wir Nutella oder Marmelade *plus* Butter aufs Brot streichen. Aber Italien baut nicht gerade die zuverlässigsten Autos und steckt bis zum Hals in einem Fußballskandal, dessen Ausmaße selbst paranoidesten Verschwörungstheoretikern die Sprache verschlug. Ich will damit sagen: Italien ist prima. Aber man muss ja nicht alles nachmachen. Dann doch lieber Nutella mit Butter fingerdick.

Ich will ja am Frühstückstisch nicht reden. Ich werde

nicht über die Vorzüge einer Fünf-Gang-Schaltung gegenüber einem Automatikgetriebe referieren, denn »nur die ganz Stumpfsinnigen sind schon beim Frühstück geistreich« (Oscar Wilde). Oder benutzen Zitate von homosexuellen, metrosexuellen Dandys. Ich will eben nur nicht allein am Tisch sitzen. Meistens bin ich recht still hinter meiner Zeitung. Es ist ja ohnehin so, dass man die schönsten Dinge im Leben schweigend (oder allerhöchstens etwas schneller atmend) genießt.

Vielleicht liegt es ja daran, dass ein Frühstück erheblich unglamouröser daherkommt als ein Abendessen im Kerzenschein. Generell hat ein Spiegelei nicht den Charme einer marinierten Paprikaschote an Venusmuschelschiffchen. Ein Frühstück ist ganz einfach, nun ja, Nahrungsaufnahme. So schlicht und zweckmäßig wie das Tanken. Ein schnörkelloses, cholesterinreiches Frühstück – möglicherweise ist es gar nicht so schlecht, dass ich allein bin: Es ist die letzte Bastion, die mir bleibt.

Ohne Laura wäre ich ein Paria

Manchmal hat Laura magische Kräfte. Angenommen, wir sind irgendwo eingeladen, und es ist wichtig, etwas mitzubringen, und zwar möglichst keine Flasche Wein, denn eine Flasche Wein zu einer Einladung mitzubringen ist wie lustige Krawatten zu Weihnachten zu verschenken.

Ich habe mein Leben lang nur Wein zu Partys mitgebracht, und vielleicht werde ich deswegen immer seltener eingeladen. Manchmal habe ich die Flasche tatsächlich noch schnell am Abend des Festes im Supermarkt gekauft (aber immerhin drauf geachtet, dass sie aus dem oberen Preissegment stammte).

Laura aber weiß alles über den Gastgeber, obwohl sie ihn nur ein halbes Mal gesehen hat. Sie weiß, dass er gerne angelt und auf Louis-de-Funès-Filme steht. Wieso weiß sie so was und ich nicht, obwohl ich den Kerl seit der Grundschule kenne? Gibt es vielleicht irgendwo ein Internet-Forum, in dem sich Frauen heimlich austauschen?

Neulich waren wir zum Beispiel bei einem Kollegen von mir eingeladen, der irgendwann einmal von seiner Billardleidenschaft erzählt haben muss und dass er jetzt nicht mehr dazu komme, weil er nicht mehr ausgehe und die eigene Wohnung natürlich viel zu klein für einen Tisch sei. Ich vergaß es sofort, doch Laura hatte es registriert – sie verfügt in dieser Beziehung über die unerbittliche Merkfähigkeit eines russischen Schachgroßmeisters. Also kaufte sie ihm einen kleinen verchromten Billardtisch, nicht viel größer als eine Kleenex-Packung, aber komplett mit zwei Queues und Kugeln. Das war die Sensation des Abends. Klar, ein Mini-Billardtisch ist genauso nutzlos wie eine lustige Krawatte, aber er zeigt doch, dass sich der Schenkende Gedanken gemacht hat, und mehr muss ein Geschenk ja auch nicht bewirken.

Verdammt, ich kenne nicht einmal Läden, in denen man solche Sachen kauft. Dinge, die man nicht im Supermarkt kriegt, überfordern mich. Die Tür meines Kleiderschranks stand einmal zwei Jahre lang offen, weil es die Schraube, die ich für die Zarge brauchte, in meinem Krimskramsladen um die Ecke nicht gab. (Und mit Superkleber funktionierte es auch nicht.)

Früher habe ich gern Bücher verschenkt, aber das Verschenken eines Buches ist, wie das Buch selbst, etwas aus der Mode gekommen.* Wenn ich heute jemandem ein Buch mitbringe, guckt der mich an, als hätte ich den formschönen Hintern der Gastgeberin gelobt.

Frauen hören auf Wünsche. Sie registrieren sie. Das

* Sie ahnen, was ich jetzt sagen will, richtig? Ich sag es trotzdem: Dieses Buch ist natürlich eine ganz ausgezeichnete Geschenkidee.

nennen Psychologen soziale Kompetenz. Wir Männer haben so viel soziale Kompetenz wie Conan, der Barbar. Selbst Elin Nordegren kann originelle Geschenke finden. Elin, eine junge Schwedin, ist die Frau des Golfers Tiger Woods, des bestverdienenden Sportlers des Planeten. Was schenkt man einem Mann, der über ein Jahreseinkommen von 100 Millionen Dollar verfügt? Elin schenkte ihm die James-Bond-Collection auf DVD. Eine wunderbare Idee. Daraufhin machte er ihr sofort einen Heiratsantrag.

Warten wir, bis es dunkel wird

Wir gehen zwar nicht oft ins Kino, aber wenn wir Lillis Winnie-the-Pooh-DVDs entkommen wollen, lässt Laura sich Zeit, bis sie sich entscheidet. Ja, sie. Hollywoods Marketingstrategen haben schon längst herausgefunden, dass es in der Mehrzahl die Frauen sind, die bestimmen, was gesehen wird. Also mische ich mich gar nicht erst ein, am Ende kriegt Laura ja doch ihren Willen.

Ohnehin bin ich froh um jeden Film, in dem Laura neben mir sitzt. Ich verstehe nämlich nie die Handlung. Am Ende bin ich es immer, der fragt: »Ach, sie war die *Schwester* des Mörders?« Oder: »Ach, es war der *Polizist*, der den Vater der Frau, die er am Ende kriegt, aus Versehen erschossen hat?« Ohne Laura hätte ich wichtige Werke der Kinogeschichte immer noch nicht verstanden. Im Halbdunkel scheine ich in eine Art geistigen Dämmerzustand zu sinken, der bewirkt, dass ich Filme wie ›Chinatown‹ oder ›Die üblichen Verdächtigen‹ bis heute noch nicht so richtig begriffen habe. Selbst daheim bei den ZDF-Krimis komme ich oft nicht mehr mit, obwohl es dort doch praktisch immer der gestörte Sohn der Starnberger Villenwitwe gewesen ist.

Geschlechterzoff um den richtigen Film ist selten geworden, denn Produzenten sind mittlerweile clever und bieten immer beiden Seiten was: Bei einem eher maskulinen Streifen wie ›Fight Club‹ zeigt Brad Pitt öfter seine Bauchmuskeln als RTL II eine Mallorca-Reportage. Bei femininen Problemstoffen mit Diskussionsbedarf wie Almodovárs ›Alles über meine Mutter‹ gehen auch grobkörnigste Kerle beim Anblick von Penélope Cruz im Nonnenschleier vor Wonne in die Knie.

Dennoch gibt es zweifellos Filme, die zu einem der Geschlechter tendieren. ›Top Gun‹ und ›Dirty Dancing‹ sind vom Planeten Enthaarungscreme, ›Der Pate‹ und ›Spiel mir das Lied vom Tod‹ vom Planeten Breitreifen. Schauspieler, auf die sich beide einigen können, heißen Harrison Ford und Johnny Depp. Umgekehrt verlasse ich bei Tom Hanks den Saal so schnell, wie ich eine Bar verlasse, die nur Cocktails mit Schirmchen serviert. Männer, die bei der Oscarverleihung weinen, sind keine Männer, von denen ich mich zwei Stunden lang unterhalten lassen will.

Ein Film, der für alle funktioniert, ist ›Casablanca‹. Laura sieht darin den schönsten Liebesfilm aller Zeiten. Mir ist diese Idee nie gekommen; ich halte den Film für ein hochklassiges Politdrama zu Zeiten des Faschismus, eine Parabel über Aufopferung und Idealismus. Die Lovestory um Rick und Ilsa nehme ich höchstens als Rauschen im Hintergrund wahr.

Als es noch keine Marketingstrategen gab, war die Welt besser. In Bruce-Lee-Filmen gab es nichts fürs Herz. Da wurden Kampfszenen aneinander montiert, und Handlung war immer dann, wenn Bruce sich kurz verschnaufen musste. Bruce Lee ist schon lange tot, aber ein paar echte, raue Männerfilme gibt es noch jedes Jahr. Und ich schaue sie mir natürlich auch an, so rigide ist Lauras Zelluloid-Diktatur ja nun nicht.

Ich muss nur warten, bis sie auf DVD herauskommen.

Und dann muss ich noch meine Tochter und einen gewissen Bären von geringem Verstand überlisten.

Die rosa Kriege

Morgens wird daheim kein Frühstück gemacht. Da ist sich Laura mit ihrer Familie und dem Rest Italiens einig. Allenfalls eine schnelle Tasse caffè ist drin, natürlich aus diesen verrückt unpraktischen »Maschinen«, die zugleich zum Erwärmen und zum Ausschenken benutzt werden und immer tropfen und außerdem am Henkel viel zu heiß werden, selbst mit Küchenhandschuhen. Nur ein dicker, feuchter Putzlappen hilft da gegen Brandblasen. Dann aber geht es noch vor der Arbeit (und nachdem wir Lilli im Kindergarten abgeliefert haben) in die Bar. Bar heißt im Italienischen, was im Deutschen das Café ist, eine weitgehend zum Frühstücken benutzte Lokalität. Frühstück im streng italienischen Sinn, versteht sich. Und dort trifft man sich dann mit Familienmitgliedern und Arbeitskollegen, bevor die Fron losgeht. Wir gehen meist ins Manzoni, eine schlichte Bar mit Hafenblick und vier bis fünf Menschen Personal, alles Familie und angeheiratet. Cinzia bringt mir morgens den Cappuccino und ein Croissant (*brioche*) mit Vanillefüllung, und Gianna schnürt mir mittags mein Tramezzino-Paket.

Nun ist der Italiener ja auch nur ein Mensch und daher manchmal am Morgen etwas maulfaul. Es ist also keineswegs das gestenreiche Geschnatter, das die Geräuschkulisse dominiert, sondern vielmehr das Rascheln der Morgenzeitungen. Denn wenngleich ein Espresso (also ein *caffè*) mit oder ohne Milchschaum immer noch nur 80 Cent kostet und jeder *barista* Italiens meinen überschlägigen Berechnungen nach Hunger leiden müsste (aber ich war ja noch nie gut in Mathe), liegen drei bis vier Tageszeitungen zur freien Verfügung herum. In Deutschland zahlt man 2,70 Euro für einen Espresso und bekommt mit Glück eine in ein Holzgestell eingepferchte Zeitung, die das Lesen mindestens der Spalte am Bund unmöglich macht. Außerdem, so geht es jedenfalls mir, bleibt die Konstruktion gern einmal im Kaffee hängen oder verteilt ihn gleich auf dem Tisch.

Weil die ›Gazzetta dello Sport‹ von Leo und Luca zwar nicht frei von, aber auch nicht ausschließlich aus Ironie als *bibbia*, Bibel, bezeichnet wird, ist das Gerangel um die rosa- oder lachsfarbenen Seiten am größten. Sie sehen: Ich bin auch nicht so gut in Farben. Was ist zum Beispiel das geheimnisvolle Mauve? Ohne den achtseitigen Spielbericht einer so atemberaubenden Partie wie Empoli – Reggina halten es weder Leo noch Luca aus. Als Sportfan und Journalist wage ich mal zu behaupten, dass in der ›Gazzetta‹ wie in so vielen anderen Sportzeitungen, die täglich erscheinen müssen (und zwar sieben Tage die Woche. Und zwar auch in der Sommerpause), eine Menge Quatsch drinsteht. Abgesehen von einer nicht zu leugnenden Wortfülle und Redundanz: Allein schon die Notengebung nervt. Denn während ›Bild‹ (in diesem Fall muss es einmal erlaubt sein, ›Bild‹ zu verteidigen) nach Schulnoten bewertet und auch vor Einsen und Sechsen nicht zurückschreckt, geht das Notensystem der ›Gazzetta dello Sport‹ theoretisch von 1 bis 10. Doch die schlechteste Note, die ein Spieler je bekam (und ich rede hier von einem Torwart, der zwei Bälle durch die Beine gelassen, drei Ecken unterlaufen und einen Elfmeter verschuldet hat und in der Nachspielzeit wegen Meckerns vom Platz flog), ist eine 5. Ein Spieler hingegen, der drei Tore selbst gemacht hat, und zwar eines davon per Fallrückzieher, eines per Flugkopfball von der Strafraumgrenze und eines per 30-Meter-Freistoß, der bekommt allerhöchstens eine 8. Und das wiederum bedeutet, dass die Spieler-Zeugnisse einer Mannschaft sich etwa so lesen: 6, 5, 6,5, 6, 6, 5, 5, 5,5, 6, 5,5, 6, 5,5. Ich finde das in höchstem Maße ungerecht, denn so nobel das Gleichheitsprinzip in vielen Lebensbereichen ist, so sollte doch gerade der Sport exzellente Leistungen entsprechend würdigen.

Ein Beispiel, während ich das hier schreibe: Das Lokalderby Inter-Milan vom 11. Dezember 2005, in sechzig Länder übertragen, erweist sich als hochdramatisches Spiel und geht 3 : 2 aus. Adriano, der brasilianische Inter-Stürmer, schießt das erste Tor, bereitet das zweite Tor vor und schießt in der 92. Minute den Siegtreffer. Mehr kann man gegen die mutmaßlich beste Abwehr der Welt (Nesta, Maldini, Stam, Kaladze und im Tor Dida, der für einen Brasilianer auf dieser Position wirklich gut ist) doch nun wirklich nicht verlangen. Seine Note? 7,5.

Leo stimmt mir zu, dass die Benotungen eigenartig sind. Vor allem für die Schiedsrichter ist das System ganz schön undankbar. Hat der Schiedsrichter eine miserable Leistung erbracht, gibt es eine 4,5 oder eine 5. Hat er gut gepfiffen, kriegt er eine 6. Er wird also entweder niedrig oder durchschnittlich bewertet. Eine 7 oder gar 8 gibt es nie.

Aber das tut der Beliebtheit der ›Gazzetta‹ keinen Abbruch. Leo und Luca vertiefen sich also in die Spielberichte, Laura redet mit Cinzia über Dinge, von denen ich nichts verstehe, und ich lese den ›Piccolo‹. Das ist die Lokalzeitung für die Region und bietet mir immer eine Seite Grado. Und diese Seite führt mir die Welt wie im Weichzeichner vor. Denn wenn die Hauptmeldung lautet, dass die Arbeiten am Museum des Meeres nun endlich begonnen haben, dass der neue Parkplatz außerhalb des Zentrums im nächsten Jahr in Betrieb geht und dass Nico Gaddi eine neue Galerie eröffnet hat, dann sind Vogelgrippe, Selbstmordattentäter und Guido Westerwelle in ein angenehm fernes Paralleluniversum verbannt.

Damit ich mich nicht zu kuschlig fühle, heißt meine Startseite im Internet ›Spiegel Online‹, und da ist ja praktisch täglich Untergang des Abendlandes angesagt, vor allem, seit es die Spielerei »Eilmeldung« gibt, ganz oben auf der Seite in hellgelb. Oder ist es kanariengelb? Oder gar mauve?

Sieger sehen anders aus

Was mich an Laura erstaunt, ist einerseits ihre Hingabe an Kitsch, andererseits ihr klares, radikales Formenbewusstsein, wenn ausnahmsweise ich es mal bin, der Dinge anschleppt, die ästhetisch auf der Kippe stehen. Wer mich kennt, der weiß, dass ich Golf spiele.* Das ist heutzutage längst kein Statussymbol mehr, sondern hat schon beinahe den Ruch einer opportunistischen Beschäftigung für soziale Emporkömmlinge. Wie auch immer: Ich übe diesen Sport sehr gern aus, wobei »sehr gern« genau so verstanden werden muss wie in dem Satz »Ich atme sehr gern«. Wer nun Golf spielt, egal auf welchem Niveau, bekommt im Laufe der Zeit unweigerlich ein paar Pokale verliehen. Nichts Großes, nichts Wertvolles, aber doch schöne Erinnerungen an jene Tage, an denen alles gut lief und man obendrein noch unfassbares Schwein hatte. Zumeist sind es keine Pokale im engeren Sinn, sondern silberne oder gläserne Schalen, auf

* Weder der Verlag noch ich haben etwas dagegen, darauf hinzuweisen, dass im gleichen Haus mein Buch »Golf. Kleine Philosophie der Passionen« erschienen ist.

deren Innenfläche das Logo des Golfclubs, das Turnier, das Datum, der Preis (»3. Netto«) und der Sponsor stehen.

Unsere Wohnung ist, seit unsere Töchter auf der Welt sind, leider nicht groß genug, um all meine Einrichtungswünsche zu erfüllen (Bibliothek im englischen Landhausstil inklusive an den Regalen angebrachter Leiter; Billardzimmer mit Bierkühlschrank; Kinosaal mit sechzehn Sitzen und Toshiba-Beamer). Um genau zu sein, konnte ich auf den uns zur Verfügung stehenden 79 Quadratmetern auch vor der Geburt unserer Töchter nichts davon realisieren. Also habe ich in meinem Arbeitszimmer/neuerdings Kinderzimmer eine Ecke für alles geschaffen, was ich im Golf gewinnen konnte. Es ist nicht viel, die durchschnittliche Ausbeute eben nach acht Jahren, aber zum Wegschmeißen oder auf dem Dachboden einstauben lassen nun wirklich zu schade. Zumal wir keinen Dachboden haben. Wenn ich von schlechten Runden nach Hause komme, werfe ich einen Blick auf das Regal, um mich zu trösten. Siehst du, sagen die Schalen zu mir, es gab Tage, da konntest du spielen, und diese Tage werden wiederkommen.

Doch dann entdeckte Laura diese Ecke. Sie sah mich an, als hätte ich eine Pornosammlung vor ihr verborgen gehalten. Du spinnst, sagte sie sinngemäß. Auf Italienisch klang es silbenreicher und drastischer. Dann entweihte sie entschlossen meinen Trostaltar, so als wäre ausgerechnet für italienische Katholiken pompöse Symbolik etwas Unanständiges.

Laura hat unser Wohnzimmer unter anderem mit folgenden Gegenständen dekoriert: einem weinenden Porzellanhasen mit herabhängenden Ohren, der sich verschämt die Pfoten vor die Augen hält; einem Windspiel mit winzigen Goldfischen aus Muranoglas; hölzernen Buchstützen in Delfinform (überhaupt, dieser Delfinkult. Sind doch auch nur Tunfische in Dessous); Plastikbilderrahmen, von Plastikrosen umrankt; gefärbte Kerzen in Form von Muscheln, Cocktails oder kleinen Landschaften.

Meiner offenbar völlig unmaßgeblichen Meinung nach sind meine Siegestrophäen nicht am untersten Ende dieser Liste anzusiedeln. Wie kommt Laura also darauf, dass die Schalen vor jeglichen Blicken verborgen bleiben müssten? Sie stehen nämlich jetzt bei uns zwar prominent in der Wohnung. Aber anders. Die zwei Glasschalen im Küchenregal bewahren Alleskleber, Nähgarn, Pflaster und Kugelschreiber auf. Eine der Silberschalen dient auf dem Wohnzimmertisch als letzte Ruhestätte verfaulender Bananen. Die zweite Silberschale steht auf der Kommode im Flur. In sie werden Schlüsselbunde, Postkarten, Tand und irrlichternde Wäscheklammern geworfen. Ich fühle mich missbraucht und beschmutzt. Ich würde das Laura gern sagen. Ich weiß nur nicht, was das auf Italienisch heißt.

Lob des Handwerks

Grado ist eine Insel. Aber Grado ist auch eine Kleinstadt, in der, wie in einem Bilderbuch für Kinder, jeder Beruf genau einmal vertreten ist. Da gibt es einen Schuhmacher, eine Schneiderin, einen Polizisten, einen Apotheker, einen Bäcker, einen Fischauktionator, einen Zahnarzt und einen Krimskramsladenbesitzer, in dessen Geschäft man den ganzen Rest findet.

Und nicht nur das: Hier sehen die Menschen auch noch kongruent zu ihrem Broterwerb aus. Der Schuhmacher trägt eine große blaue Schürze wie Meister Eder. Der Apotheker hat eine starke Brille und ist der Dorfintellektuelle, in dessen Schaufenster die Plakate der aktuellen Klassikkonzerte in Grado und den umliegenden Gemeinden aushängen. Silvano, der Fischauktionator, hat ein breites Lachen und einen prächtigen Händedruck. Und die Schneiderin habe ich schon mal in einer Bar getroffen, und sie trug ganz selbstverständlich ihr Nadelkissen am Unterarm.

Jetzt kommt meine Ledertasche ins Spiel. Ich trage sie schon seit der 10. Klasse mit mir herum. Sie ist das Accessoire, das es am längsten mit mir ausgehalten hat. Sie ist zu groß, um sie zu verlieren, und zu klein, um einem beim großen Aufräumen auf die Nerven zu gehen. Sie ist inzwischen ebenso würdevoll wie unleugbar in die Jahre gekommen, mit Gebrauchsspuren aus Konferenzen, wo sie achtlos mit dem Fuß getreten wurde, und Kneipen, wo sie, während ihr Besitzer dem Feierabend zuprostete, den einen oder anderen Schwall Bier oder heiße Asche abbekam. Doch mit der Zeit hatte sich ein Riss gebildet, der von Tag zu Tag schlimmer wurde, so dass die Tasche bald nur noch ornamentale Bedeutung hatte, weil sie keinerlei Papier mehr aufnehmen konnte, ohne es sofort zu verlieren. Sie war gewissermaßen alt und inkontinent geworden.

Also ging ich eines Nachmittags zum Schuhmacher. Der beäugte den Riss und sagte: Alles klar, morgen früh. Schon diese beiden Satzteile hatte ich noch von keinem Handwerker gehört. Denn in Deutschland wäre es, falls der Schuhmacher die Tasche überhaupt angenommen hätte, entweder der komplizierteste, irreparabelste Riss gewesen, den der Schuhmacher in seiner vierzigjährigen Laufbahn jemals zu Gesicht bekommen hätte, oder sein Auftragsbuch wäre so prall gefüllt, dass vor nächsten Monat »bei aller Liebe« nichts ginge, oder aber, und das war am wahrscheinlichsten, ich hätte beide Lamentos zugleich gehört und obendrauf noch den Satz, dass man diese speziellen Geräte »natürlich nicht« selbst im Laden habe und man die Tasche verschicken müsse, was zusätzlich ein paar Wochen dauern könne und, klar, »etwas mehr« kosten würde.

Es kam noch besser. Am nächsten Morgen war der Riss verschwunden und die Tasche mit irgendeinem Öl poliert, so dass sie aussah wie frisch von der Schönheitsfarm, und als ich fragte, wie viel es machte, druckste der Schuhmacher eine Weile herum. Ich befürchtete das Schlimmste. Aber dann sagte er: Na gut, fünf Euro.

Er hatte tatsächlich mit sich gerungen, weil er es mir umsonst anbieten wollte, aber dann dachte er sich, dass vielleicht ich es gewesen wäre, der damit ein Problem gehabt hätte. Und damit hatte er verdammt Recht. Ich war extra vorher am Bankautomaten gewesen, weil ich mit einem üppigeren Betrag rechnete. Jetzt schämte ich mich und gab ihm den Geldschein. Am liebsten hätte ich ihn umarmt. Aber aus seiner blauen Schürze ragten oben ein paar Schraubenzieher raus, die sich vielleicht in meine Brust gebohrt hätten. Dafür lobpreiste ich seine Arbeit in einem Italienisch, das im Wesentlichen aus Vokabeln bestand, die ich bei den Sonntagsmessen in der Basilika aufgeschnappt hatte.

Die Ciao-Problematik

Also, die Sache mit dem Cappuccino ist ja schon seit Seite 63 ff. geklärt. Sie können sich jederzeit und ungestraft einen Cappuccino bestellen, ohne für einen Kulturbanausen gehalten zu werden. Nur über die Sache mit dem *ciao* sollten wir mal reden. Ciao ist ein schönes, freundliches Wort. Mehr als diese vier Buchstaben, lustvoll mit langem a ausgesprochen, braucht es nicht, um in uns eine winzige Stichflamme des Begehrens nach Süden zu entzünden. Doch Ciao ist nicht frei von Tücken. Es ist nämlich folgendermaßen. Italiener, wir wissen und schätzen es alle, sind freundlich. Aber auch höflich und respektvoll. »Ciao« sagt man unter Jugendlichen oder unter guten Freunden. Beim Metzger oder im Restaurant sagt man das nicht, es sei denn, es ist Ihr Stammmetzger, den Sie auch privat kennen, oder der Inhaber des Restaurants war schon mehrmals bei Ihnen in Deutschland zu Besuch. Und übernachtete auf Ihrer Schlafcouch. »Ciao«, auch ich musste es schmerzhaft lernen (Laura pflegte mir ihren Ellbogen in die Rippen zu rammen), ist, falsch gebraucht, ein ziemlich aufdringliches Wort. Egal, wie freundlich der Kellner zu Ihnen ist: *Buonasera* ist passender. Und bei einer Dame schadet es nie, noch ein *Signora* dranzuhängen.

Respekt wird in Italien gern und häufig dargeboten und damit auch erwartet. Wer ganz offensichtlich nicht am Marktstand arbeitet oder die Straße fegt, heißt sofort *Dottore*. Um in den Genuss dieser Anrede zu kommen, reicht manchmal schon ein gebügeltes weißes Hemd. Wer tatsächlich einen Doktortitel erworben hat, wird dagegen mit *Professore* angesprochen. Die weiblichen Formen lauten *Dottoressa* und *Professoressa*. Auch sensorisch Unbegabten wird einleuchten, dass *Ciao, Professoressa!* unpassend klingt.

Die Wertschätzung ist nicht auf Geistesarbeit beschränkt: Jemand, der in seinem handwerklichen Beruf gut ist, wird schnell zum *Maestro*, und auch das unter Bekannten übliche *Capo* (Chef) ist zwar scherzhaft-ironisch, aber nicht ohne Respekt gemeint. Wer beim Ansprechen unsicher ist, aber dennoch seinen Respekt und seine Wertschätzung herausstreichen will (etwa beim Polizisten, der einem gerade den Strafzettel für zu schnelles Fahren ausstellt), dem hilft ein *Signore* weiter, das ist besser als nichts. *Ufficiale* wäre zwar passender, aber Ausländer, die dieses Wort kennen, machen sich umso verdächtiger. Menschen in schwarz, die gerade aus einer Kirche kommen, sollte man mit *Monsignore* anreden. Die exklusivste Anrede dürfte *Padrino* sein, zu deutsch »Pate«. Dieser Titel ist derzeit für drei, vier Sizilianer reserviert. Seien Sie versichert, dass es Ihr Leben nicht uninteressant macht, diese Anrede niemals gebrauchen zu müssen.

Für mich eine wunderbare Sache: Ehrentitel gelten auch rückwirkend und verfallen nie. Es reicht ein kurzer Moment im Licht, nur wenige Minuten Ruhm, und die Meriten sind auf Jahrzehnte hinaus gesichert. Aufgrund meiner äußerst erfolglosen drei Monate Chefredakteurschaft der Reisezeitschrift ›Globo‹ (siehe Seite 29) heiße ich in Grado bis heute *Il Direttore*.

Dienstag, der 17.

Der Aberglaube hat die italienische Seele souverän im Griff. Ich bin diesbezüglich Experte, denn ich habe noch niemanden getroffen, der abergläubischer ist als meine Frau. Selbst Süditaliener machen sich über sie lustig. Marina nennt Laura immer »piccola Napoletana«, denn es soll niemand Abergläubischeren geben als eine neapolitanische Hausfrau. Aber ich behaupte: Schickt man eine neapolitanische Hausfrau gegen Laura in den Ring, gewinnt Laura durch technischen K.o. in der sechsten Runde.

Zunächst verbat sie mir, an bestimmten Tagen gen Grado aufzubrechen. Niemals dürfe man an einem Dienstag oder Freitag losfahren oder an einem dieser Tage zurückkehren. Ein altes venezianisches Sprichwort sagt: »Ne de Venere ne de Marte no se 'riva e no se parte.« Damals waren die Samstagsstaus wohl noch unbekannt. Dann erklärte sie mir, ich möge vor dem Start den Autoschlüssel zwischen Daumen und Zeigefinger reiben. Das bringe Glück. Überhaupt sei alles Metallische, zwischen den Fingern gerieben, nicht nur ein Glücksbote, sondern auch eine wirksame Abwehr gegen das Unglück in Form von schwarzen Katzen. Kreuzt eine schwarze Katze den Weg – von denen es in Grado etwa so viele gibt wie menschliche Bewohner –, bleibt Laura stehen, bis jemand anderes, zumeist ein ahnungsloser österreichischer Tourist, den unsichtbaren Schicksalsfaden durchschreitet (das Leben ist hart). Wenn wir nachts durch Grado fahren und eine schwarze Katze die Straße überquert, dann kehrt Laura um und nimmt eine andere Straße. Der Umweg kann gar nicht groß genug sein. Und dann, nur um sicherzugehen, rubbelt sie noch den Hausschlüssel warm.

An Silvester wird ganz Italien zu einer kollektiven Laura. Zunächst gibt es am Silvesterabend Linsen bis zum Abwinken, denn Linsen symbolisieren Geldstücke, und je mehr man davon im Laufe des Abends verdrückt, desto mehr Geld gibt es im kommenden Jahr. (Wer sich jetzt wundert, der sollte vielleicht mal daran denken, dass man in der Kirche ja auch Blut und Leib Christi verspeist). Im nächsten Leben heirate ich eine Spanierin, denn in Spanien gilt es, in der Minute vor Mitternacht möglichst viele Weintrauben zu vertilgen, was einerseits bekömmlicher ist, und weil andererseits Schnellschlingen eine Disziplin ist, in der ich quasi unschlagbar bin. Rote Unterwäsche muss zum Jahreswechsel die Haut berühren, sonst droht ein Leben voller Pech und Steuerfahndung.

Ich bin natürlich nicht abergläubisch. Klar, vor einem wichtigen Golfturnier ziehe ich immer einen weißen Rolli an und darüber einen schwarzen Pullunder.

Ich markiere meine Bälle mit einer britischen Münze, die schon den Rasen von St. Andreas berührte. Dazu vermeide ich grüne Tees und Bälle, die höhere Zahlen als die 2 tragen. Aber das hat ja nichts mit Aberglauben zu tun, sondern mit gesundem Menschenverstand. Grüne Tees, ich bitte Sie.

In Grado wird besonders gern allerlei Lotteriekram gespielt, vor allem in Verbindung mit Fußball. *Totocalcio* entspricht unserem Toto, und bei *Totogol* muss man die Partien vorhersagen, bei denen die meisten Tore fallen. Klar, dass sich Italien für ein Volk von Fußballexperten hält und jeder theoretisch schon mehrmals gewonnen haben müsste. Klar auch, dass die Einzigen, die bei *Totocalcio* und *Totogol* gewinnen, 87-jährige Uromas sind, die einfach nach Gefühl und Glück von oben nach unten ankreuzen. Jedenfalls: Es ist wichtig, dass man seinen Tippzettel in einem günstigen Umfeld abgibt. In Grado hängen vor den Lotterieannahmestellen stets Schilder wie: »Hier gewann ein Kunde letzte Woche 12 000 Euro.« Oder: »Hier wurden in diesem Monat schon 23 500 Euro gewonnen.« Darunter ist immer zur Bestätigung der kopierte Schein abgebildet. Lottoannahmestellen, bei denen eine Zeit lang nichts zu holen ist, werden denn auch immer stärker gemieden, was natürlich schnell ein Teufelskreis wird: Je weniger Tipper, desto weniger Chance auf die hübschen Werbeplakate mit den Gewinnsummen.

Hier noch vier Tipps fürs bessere Leben, exklusiv von Laura für die Leser dieses Buches.

»*Erstens*. Sie sehen einen Buckligen? Das bringt Glück, wie bei Ihnen in Deutschland der Schornsteinfeger. Wenn Sie ihn auf dem Buckel berühren: doppeltes Glück. Achtung: Bucklige Frauen bringen dagegen Unglück! Fragen Sie mal Hänsel und Gretel.

Zweitens. Salz dürfen Sie niemals von Hand zu Hand reichen. Stellen Sie das Salzfass auf dem Tisch ab, und der andere muss von dort zugreifen. Salz verschüttet? Ein ernstes Problem. Aber alles wird gut, wenn Sie eine Prise der verstreuten Kostbarkeit über beide Schultern werfen.

Drittens. Aufgespannte Schirme in geschlossenen Räumen bringen den Tod. Es ist für mich kaum zu ertragen, in einem Münchner Mietshaus all diese zum Trocknen aufgespannten Regenschirme zu sehen. Ich vermute, dieses Haus wird in naher Zukunft von einem Kometen getroffen und dem Erdboden gleichgemacht.

Viertens. Die 13 ist in Italien nichts Besonderes. Wir haben eher Angst vor der 17. Freitag, der 13. ist für uns Italiener Dienstag, der 17. Die Ausnahme: Setzen Sie sich niemals zu dreizehnt an einen Tisch. Das erinnert ans Letzte Abendmahl. Und wie das ausgegangen ist, weiß sogar mein Mann Stefan, obwohl der Protestant* ist.«

* Sie müssten mal hören, wie Laura das Wort »Protestant« ausspricht. Als würde die Lautfolge Herpesbläschen verursachen.

Ganz schlimm war es mal bei einer Hochzeit, zu der wir im Jahr 1999 in München eingeladen waren. Reflexartig zählte Laura nach, wie viele Personen am Tisch des Brautpaars saßen. Sie tat das mit der gleichen Beiläufigkeit, mit der andere Menschen sich hinterm Ohr kratzen oder die Socken zusammenlegen. Und tatsächlich: Es waren 13 Personen. Laura, sonst eine ganz coole Braut – um mal eine unpassende Siebzigerjahre-Formulierung hervorzuholen, die auch noch unglücklich mit der eigentlichen Geschichte kollidiert –, konnte sich kaum noch beruhigen. Es arbeitete in ihr, und es fehlte nicht viel, und sie hätte eigenhändig irgendeine Randfigur der Hochzeitstafel entfernt. Nun, sie behielt ihr Wissen für sich. Ein paar Jahre später kam, was kommen musste.

»Und, was ist mit Bernd und Klara*?«, fragt sie mich immer, wenn ich mich über ihren Aberglauben lustig mache und nicht einsehen will, noch zwei Schleifen durch den Ort zu fahren, um einem lästigen, düster behaarten Kleinsäuger auszuweichen.

»Sie sind geschieden«, antworte ich kleinlaut.

Die unglückliche Geschichte von Bernd und Klara: Das ist ein Pfund, mit dem sie wuchert. Da helfen mir auch keine Statistiken darüber, dass die Scheidungsrate sich nördlich des Alpenkamms stramm den 50 Prozent annähert und doch kaum zu vermuten ist, dass die Hälfte aller deutscher Hochzeitsgesellschaften den

* Ja, natürlich sind die Namen erfunden. Und zwar schlecht. Wer heißt denn heute noch Bernd?

Tisch des Brautpaars für 13 Personen eindeckt. Wobei: Laura würde das angesichts der fahrlässigen deutschen Grobheit mit den dünnen Schicksalsfäden für nicht einmal unwahrscheinlich halten.

Aus den Händen lesen

Deutsche in Italien machen inzwischen vieles richtig, vielleicht abgesehen davon, dass viele immer noch glauben, die Wasserschale zum Krebsgericht sei zum Trinken da. Nur eines sollten Deutsche tunlichst unterlassen, auch jene, die gekonnt parlieren können: nun auch noch anfangen zu wollen, mit den Händen zu reden. Ich weiß schon: Manchmal will man aus purem Spaß an der Freude mittun. Aber es wird schiefgehen. Lassen Sie es sich von einem gesagt sein, der sein waches Leben praktisch ausschließlich in italienischen Bars verbringt. Und der trotzdem seine Hände im Zweifelsfall tief in den Taschen vergräbt.

Kommunikation ist ein Gesamtkunstwerk. Das trifft nirgendwo so zu wie in Italien. Nehmen wir die »Feige«, die vielleicht berühmteste italienische Geste: Die fünf Fingerspitzen sind zusammengelegt und zeigen nach oben, dabei wird mit dem Handgelenk gewippt. Die Handbewegung, millionenfach persifliert, passt eigentlich immer; je nach dazugehörigem Gesichtsausdruck kann sie so unterschiedliche Dinge heißen wie »Das gibt's doch nicht!«, »Sag bloß!«, »Erklär's mir genauer!«, »Wann ist das Essen endlich fertig?«, »Was ist dein Problem?« oder »Lass mich in Ruhe, du Spinner!«

Eine der facettenreichsten Gesten ist das Okay-Zeichen: Daumen und Zeigefinger werden zum Ring geformt. In Düsseldorf und Detroit ist die Geste unzweideutig, doch schon südlich von Mailand wird aus dem Okay eine »Zero«, eine Null. Es ist das Zeichen für wertlos, und wenn Sie in einer ländlichen Trattoria die hausgemachte Pasta auf diese Art loben, könnte das den Betreiber in eine schwere Sinnkrise stürzen. Schlimmer wird die Sache in Süditalien. Dort ist das Zeichen eine obszöne Geste und symbolisiert … na, Sie kommen sicher selbst drauf.

Eine hierzulande noch nicht adaptierte, in Italien aber schwer beleidigende Geste ist der zugleich abgespreizte Zeigefinger und kleine Finger. Es bedeutet: Du bist der Gehörnte, deine Frau betrügt dich. Und im weiteren Sinne (gerne beim Gerangel um die Vorfahrt): Du bist ein Vollidiot. Mit dem Leibhaftigen haben die durch die Finger symbolisierten Hörner nichts zu tun. Die Geste kommt von dem alten Brauch, einem kastrierten Hahn die Sporen abzuschneiden und durch den Kamm zu stecken, um ihn als Kapaun zu kennzeichnen. Das Gebilde wuchs im Laufe der Zeit zu einem knorpeligen Horn weiter, und der entmannte Gockel schaute dabei dumm aus der Wäsche – da war es naheliegend, das Bild der unglücklichen Kreatur auf den hintergangenen Ehemann zu übertragen. Mit dieser Geste beleidigt man also gleich die ganze Familie, was in Italien immer Wirkung zeigt: Der Mann ist ein Trottel, die Frau eine Hure. Überflüssig zu erwähnen, dass so eine Geste wenig Wärme spendet.

Ganz schlimm: Das Heranwinken von Kellnern mit dem Zeigefinger. Das mag im deutschen Landgasthof üblich sein (obwohl ich vermute, dass man es wirklich überall bleiben lassen sollte). In Italien ist dies dagegen eine Geste, die man allenfalls benutzen darf, um den Haushund zum Futternapf zu locken. Will man in einem überfüllten Restaurant auf sich aufmerksam machen, sollte man den Arm heben, und wenn schon gewinkt werden muss, dann mit Fingern, die Richtung Boden zeigen. Ganz wichtig: Die Handfläche gehört in Italien beim Winken nach unten, alles andere wirkt herrenmenschelnd, und Sie könnten ernsthaft Ärger bekommen, mindestens aber den Teller Pasta, der vorhin schon einmal auf dem Küchenboden gelandet war. Und ich kann es dem Kellner nicht einmal verübeln.

Und was bedeutet es, mit den Fingerspitzen unterm Kinn entlang nach vorne zu streichen? Auch diese Geste kann viel heißen, aber wenn sie in Ihre Richtung gemacht wird, dann sollten Sie die Augen vom Popo der Wirtstochter nehmen, ganz schnell zahlen und auf direktem Wege heimgehen.

Reisen ist eine Religionsfrage

Reisen bildet. Aber Reiseplanung macht mich verrückt. Im März studiere ich die Kataloge, im April informiere ich mich im Reisebüro, im Mai surfe ich im Internet, ob ich nicht noch was Besseres finde, im Juni buche ich (inkl. Reiserücktrittsversicherung), kaufe zwei Karten im Maßstab 1 : 50 000 (zwei? Ja, eine fürs Auto, eine für die Tasche, man weiß ja nie) sowie die drei aktuellsten Reiseführer, im Juli stelle ich den Koffer in den Flur und packe, im August geht es los. Laura plant eine Reise am 7. August, packt am 8. August (mittags) ihre Koffer, und am 8. August (abends) geht es los.

Ich weiß nicht, ob es in der Reisevorbereitung Unterschiede zwischen Männern und Frauen gibt, aber ganz sicher gibt es in der Reisevorbereitung fundamentale Unterschiede zwischen mir und meiner Frau, also zwischen einem norddeutschen, protestantisch erzogenen, zum Pessimismus neigenden Meisterplaner und einer italienischen, katholisch erzogenen Improvisationskünstlerin.

Ich sehe das so: 46 Wochen im Jahr arbeiten wir.

6 Wochen im Jahr haben wir das Privileg, keinen brackigen Bürokaffee ertragen zu müssen. Keine Schweißausbrüche, weil wir immer dann privat im Internet surfen, wenn der Chef gerade ins Zimmer kommt. Keine vierstündigen Höllenkonferenzen mit schlechter Luft und alten Keksen. 6 Wochen von 52, das ist nicht viel. 11,54 Prozent des Jahres. Was ist so falsch daran, sich über diese so entsetzlich wenigen Tage genaue Gedanken zu machen?

Ich gestehe: Ich kriege am Abend zuvor sogar Reisefieber. Selbst wenn es nur am nächsten Vormittag raus zu Ikea geht.* Ich habe keinen Appetit, schlafe schlecht und würde am liebsten um 4 Uhr morgens losfahren, um ganz sicher nicht in einen Stau zu kommen. Laura muss ich wachrütteln. Immer. Dann gähnt sie. Ich gehe unterdessen zum achtzehnten Mal meine Listen durch, ob ich nichts vergessen habe. Und überprüfe, ob mein Pass auch ganz bestimmt noch gültig ist. (Einmal, als 15-Jähriger, bin ich wegen eines ungültigen Kinderausweises aus der DDR rausgeflogen – das größte Abenteuer meines Lebens.)

Ich will fünf Sterne wohnen, aber nur einen Stern bezahlen. Klar, dass das lange Vorbereitung braucht und sorgfältige Suche. Laura setzt sich ins Auto, legt den Gang ein und fährt los. Rätselhafterweise findet sie auf Anhieb das schnuckelige Hideaway mit eigenem Weinberg und großartiger Küche, das so lachhaft

* Falls Sie eine Italienerin heiraten, machen Sie sich auf Ikea-Wochenenden gefasst. Italiener sind ganz vernarrt in dieses Möbelhaus.

wenig kostet, dass ich bis zum Schluss denke, die Besitzer werden uns irgendwie doch noch übers Ohr hauen oder uns, wohlgenährt und braungebrannt, an herumziehende Sklavenhändler verschachern.

»Alexander von Humboldt wäre nie aus dem Dschungel zurückgekehrt, hätte er nicht jahrelang seine Reise geplant!«, argumentiere ich. »Christoph Kolumbus hätte nie Amerika entdeckt, hätte er seine Reise gut geplant«, sagt Laura. Ist ja auch ihr Landsmann. Klar, dass sie den verteidigt. Und wenn ich dann erwähne, dass Christoph Kolumbus nach seiner letzten Reise in Ketten gelegt wurde, entgegnet sie einfach schnippisch: »Aber er hat Amerika entdeckt.« Wie kann man in so einem Gespräch je gewinnen?

Und noch etwas: Ja, ich plane. Deswegen muss ich nie nach dem Weg fragen. Wenn wir auf eine zweifelhafte Straße eingebogen sind, dann wird das schon stimmen. Ganz bestimmt. Tankstelle um Tankstelle lassen wir hinter uns, ohne anzuhalten, um zu fragen, und Laura schaut mich dann an wie Tom Cruise seinen autistischen Bruder in ›Rain Man‹.

Irgendwann, wenn wir uns tatsächlich verfahren haben (was nie bzw. fast nie bzw. sehr selten bzw. höchstens einmal pro Tag vorkommt), höre ich eine düstere, prophetische Stimme vom Beifahrersitz. »In der Wüste, sagen die Beduinen, kann man sich nur einmal verirren.«

Manchmal macht mir Laura ein bisschen Angst.

Das Leben ist ein Spiel

Jetzt endlich, nach jahrelanger Suche, habe ich einen Ort entdeckt, an dem sich haufenweise Frauen zwischen 25 und 35 herumtreiben. Und zwar ohne ihre Ehemänner. Sogar die Gesprächsthemen ergeben sich wie von selbst. Das ist, was man angesichts meiner familiären Situation Ironie des Schicksals nennt.

Da Laura tagsüber ihr Geld verdient und ich das, was ich Arbeit zu nennen wage, abends und nachts ausübe, bin ich einer dieser Väter, die stundenlang auf Spielplätzen herumlungern. In Grado bin ich zumeist auf dem großen Spielplatz an der Viale Dante, der auch den Kindern gefällt, da direkt daneben eine große Gelateria ist. Ich kenne mich mit der Stadtentwicklung nicht so gut aus, würde aber mal wetten, dass erst der Spielplatz kam und dann die Eisdiele.

Natürlich sind Kinder nicht dazu da, andere Frauen kennen zu lernen. Obwohl: Weiß man, welche Mittel und Wege die Natur geht? Behaupten doch Forscher inzwischen, dass die Henne eine Erfindung des Eis sei, um weitere Eier zu erschaffen. Oder: Atomphysiker seien die Erfindung von Atomen, um über Atome nachzudenken. Vielleicht haben also Kinder nicht nur den Zweck, uns junge Väter zu glücklichen Menschen zu machen, was sie zweifellos tun: Vielleicht wollen sie uns wieder unserem evolutionären Zweck zuführen, und der lautet: Vermehrung.

Ein Spielplatz ist jedoch ein ebenso glattes soziales Parkett wie eine Gehaltsverhandlung, eine erste Verabredung oder eine Weihnachtsfeier: Auch hier, zwischen Rutsche und Kletterturm, existieren ungeschriebene Regeln.

Erstens: Lobe allzeit den Nachwuchs aller anderen. Mag auch der Rotzlöffel, der sich meiner Tochter nähert, ein Bösewicht sein, der allen das Spielzeug klaut, aus purer Gemeinheit andere von der Schaukel schubst und Probleme mit dem Speichelfluss hat: Finde ein paar nette Worte über seine Locken oder sein verschmitztes Lächeln, und Mama wird glücklich sein. Egal, ob ein Kind schielt, sabbert oder stottert: Es ist immer süß, entzückend oder goldig. Eltern versichern sich das gegenseitig wie ein Mantra. Und wie bei den echten Mantras entsteht auch hier eine innige, tief spirituelle Verbundenheit.

Zweitens: Lasse nie nach in deinem Enthusiasmus. Kleine Kinder – Entschuldigung, aber ich glaube, es geht allen Eltern so, nur traut es sich keiner zuzugeben – sind … Nun ja, wie sag ich das charmant?, mitunter ein wenig langweilig. Kein noch so stolzer Vater kann mir erzählen, dass er beim 400. Mal ›Findet

Nemo‹ im Videorekorder seinem Kind mit dem gleichen Brustton der Überzeugung versichert, dass die Mama von Nemo ganz bestimmt nur schläft (frühere Elterngenerationen hatten das gleiche Problem mit der toten Mutter von Bambi). Auf Kinderspielplätzen ist das ähnlich. Natürlich freut es mich, wie meine Tochter lachend die Rutsche hinuntergleitet; da ich sie aber immer selbst nach oben heben muss, finde ich es nach fünfunddreißig Malen belastend, vor allem für meine Rückenwirbel Nummer sechs und sieben. Dennoch: Sie will meine ungeteilte Aufmerksamkeit. Bald wirkt mein Lächeln wie schockgefrostet. Aber egal.

Drittens: Kenne die magischen Worte. Die Sätze, mit denen man ganze Wochen auf den Spielplätzen bestreiten kann, lauten: »Wie alt bist du denn?«, »Gehst du schon zur Schule?« und zur Mama: »Schläft Ihrer auch so schlecht?« Und dann ist man mit der Mutter sofort ins schönste Gespräch verwickelt, bald tauscht man Namen, Telefonnummern und Kochrezepte aus. In Grado gibt es zwei konkurrierende Kindergärten, und über die Frage, welcher davon der bessere sei, lässt sich stundenlang debattieren. Man scherzt, gibt sich charmant, alles läuft auf ganz harmloser Ebene ab, schließlich sind die Kinder dabei. Dennoch sollte man die wichtigste Regel im Hinterkopf behalten.

Viertens: Wenn die Väter kommen, verzieh dich. Vor allem die mit den Muskelshirts und den tätowierten Unterarmen.

Die Gang der Gelben Sonnenschirme

Der Standort des eigenen Sonnenschirms am Strand ist eine brisante Sache. Während viele, mich eingeschlossen, es doch höchst bedenklich fänden, die nächsten 35 Sommer ihres Lebens neben exakt den gleichen Personen zu verbringen, ist der Italiener ein Philanthrop. Minnie hat seit fast vier Jahrzehnten denselben Sonnenschirm und dieselbe Kabine am Strand: Nummer 84a. Die Nachbarn sind seit etwa der gleichen Zeit dabei. Plätze werden von Generation zu Generation weitergegeben, denn je niedriger die Nummer, desto prestigereicher die Kabine, denn desto näher befindet sie sich am Ortszentrum. Mario (der Steuerberater mit der Harpune) liegt direkt neben uns, und Minnie kennt ihn, da war er noch nicht stubenrein. Die Sonnenschirme stehen je nach Strandbreite sieben bis zehn Reihen tief und wechseln zur besseren Orientierung alle zehn Längsreihen die Farbe. Minnie gehört zur Gang der Gelben Sonnenschirme. Damit sind etwa zwei Dutzend Familien gemeint, die sich diesen

Strandabschnitt untertan gemacht haben wie der Clan eines Diktators ein Dritteweltland. Mit großen Kühlboxen wird das Terrain gegen Eindringlinge abgesteckt, dann gehen die Tageszeitungen reihum. Mittags wird ein Stündchen geschlafen, nachmittags rottet man sich unter einem der Schirme zusammen und spielt Karten. Kinder jeglichen Alters und Geschlechts sind hier perfekt aufgehoben, und interessanterweise machen sie offenbar auch die ersten erotischen Erfahrungen innerhalb dieser Gruppe. Abends geht man dann zu einer der Familien essen, jede ist mal dran. Das führt zu einer mitunter anstrengenden sozialen Leistungsschau, und der Einfallsreichste von allen ist Alfredo, der im letzten Jahr nicht nur ein Abendessen, sondern gleich ein ganzes Golfturnier mit anschließendem Hummermenü auf die Beine stellte.

Jedes Jahr im Januar macht die Strandverwaltung für eine Woche ihre Büros auf, so dass Frühbucher für den Sommer ihre Lieblingskabine des Vorjahres erneut reservieren können. Keiner der Gang der Gelben Sonnenschirme musste sich allerdings je anstellen, ich habe nie ganz verstanden, warum. Die meisten anderen reihen sich klaglos in Schlangen enormer Länge ein, um eine möglichst günstige – sprich: nahe dem eigenen Sommerhaus gelegene – Kabinennummer zu ergattern. Selbst ein paar Österreicher kommen extra über verschneite Alpenpässe runtergefahren, um sich einen sorglosen Sommer zu sichern.

Anfang 2005 ereignete sich dann ein diplomatischer Zwischenfall, gegen den sich die Emser Depesche ganz und gar lächerlich ausmachte. Die alten, klapprigen Holzkabinen wurden durch neue klapprige Holzkabinen ersetzt, und durch einen »Fehler im Computersystem« (sprich: ein Versehen eines Mitarbeiters in der Strandverwaltung) stand Minnie trotz ordnungsgemäßer Frühbuchung ohne Kabine 84a da. Kein Problem: Sie ging hin, konzedierte, dass so etwas ja schon mal passieren könne, und bat dann um Kabine 84a. Man entschuldigte sich wortreich, meinte aber, man könne nichts machen, da die Kabine nun schon zumindest drei Wochen lang fest in der Hand von Touristen sei. Geben sie denen eine andere Nummer, ich nehme die 84a, sagte Minnie daraufhin, und so ging es eine Weile hin und her, der Ton wurde lauter und rauer, und man bot Minnie schließlich Kabine 124 an, lockere 300 Meter weit weg vom Geschehen und ihren Sommerfreunden aus Mailand, Venedig, Padua, Bologna und Udine, die über die Jahre hinweg längst eine Teilzeitfamilie geworden waren. Minnie verzweifelte. Also schickte sie Leo hin, ihren Erstgeborenen, einen Mann von Präzision und Geschick. Er argumentierte kühl und sachlich und verwies auf das Recht, eine Kabine, die man die letzten 37 Jahre bewohnt und fürs 38. Jahr korrekt reserviert habe, auch zu bekommen, während sich die Strandverwaltung auf die Kraft des Faktischen berief – die Kabine sei nun einmal futsch. Nächstes Jahr, das könne man immerhin jetzt schon versichern, werde man aufpassen, dass so ein Lapsus nicht wieder passiere.

Am Tag drauf wurde Pepe in die Schlacht geschickt,

ein Mann von Charisma und Einfluss. Er ließ sich den Vorgang von der Strandverwaltung erklären und sagte dann: Morgen hat meine Frau Kabine 84a. So verließ er die Büroräume, was durchaus Eindruck machte (schließlich ist er gut mit dem Bürgermeister befreundet), aber unfassbarerweise nichts änderte. Außer, dass man Minnie nun Kabine 102 anbot.

Also beschloss Minnie, eine letzte Attacke zu reiten. Körperliche Gewalt schien für sie eine immer verführerischere Option zu werden. Sie muss aufgetreten sein wie eine Walküre, und an die Szenen, die sich im Büro der Strandverwaltung abgespielt haben, wage ich kaum zu denken. Als sie am Mittag für Laura und mich die Pasta rührte, hatte sie ganz rote Wangen vor Stolz. Sie hatte sich Kabine 84a zurückerobert. Wie um alles in der Welt hatte sie das hingekriegt? Ganz einfach, sagte sie: mit Hilfe ihres deutschen Schwiegersohns.

Das erstaunte mich nun doch. Es muss sich, Minnies Erzählung zufolge, etwa so abgespielt haben: Ihr Schwiegersohn, hat meine Schwiegermutter gewütet, sei der bedeutendste Journalist deutscher Zunge. Mit einem einzigen Nebensatz könne er die Touristenströme gen Grado stoppen. Und genau das werde er tun, wenn die Strandverwaltung nicht sofort die Nummer 84a herausrücke. Also her mit der Kabine, oder spätestens morgen, vielleicht aber noch heute in einer Sonderausgabe, würden die schändlichen Namen aller Mitarbeiter der Strandverwaltung von den Titelseiten aller deutschen und österreichischen Zeitschriften prangen. Grado werde boykottiert, die Mitarbeiter persönlich haftbar gemacht und verklagt, der Ort verarme, die Kindersterblichkeit steige, die Stromversorgung bräche zusammen, das Wasser müsse wieder aus Zisternen gefördert werden, Pest und Cholera erhöben ihre hässlichen Häupter.

Das wirkte. Hätte sie Kabine 84 a nicht bekommen – ich hätte dieses Kapitel, wenn nicht sogar dieses Buch, damit verbringen müssen, die Strandverwaltung von Grado zu beschimpfen.

Mit Luca um die Häuser

Manchmal gehe ich abends mit Luca aus, doch dann ziehen wir nicht durch Grado, sondern durch Padua, und obwohl ich lange in Hamburg gelebt habe und ja auch noch regelmäßig nach München pendle, fühle ich mich in Padua wie Heidi in der großen Stadt.

Italienische Großstädte kommen einem immer so herrlich verträumt vor, wenn man sie als Tourist besucht, aber wenn man erst mal selbst mittendrin steckt und gerade voller Verzweiflung einen Parkplatz sucht, also Teil des Alltags ist, wird die vorbeiknatternde aufgemotzte Vespa vom angenehmen Lokalkolorit zur Bedrohung des schon mehrmals gerissenen Trommelfells.

Außerdem habe ich Grund zu der Annahme, dass der Straßenverkehr Paduas von einem Duo erdacht und gesteuert wird, das aus einem polizeilich gesuchten Sadisten und einem komplett Wahnsinnigen besteht. Während ich mich per Auto in allen italienischen Großstädten bestens zurechtfinde, sogar im sizilianischen Messina, besteht Padua ausschließlich aus Einbahnstraßen, die jeden Fehler bitter bestrafen. Wegen der vielen *Senso-Unico*-Ermahnungen ist auf weitere Beschilderungen völlig verzichtet worden, weshalb es reine Glückssache ist, das Stadtzentrum zu finden oder die Basilica di Sant'Antonio, wo die Zunge und die Kehle mit Stimmbändern des Heiligen in Reliquienschreinen aufbewahrt werden, was, ich kann mir da nicht helfen, mich leicht erschauern lässt. Zumeist kreiselt man in nackter Verzweiflung durch immer enger werdende Gassen, lässt hier einen Anwohner einparken und dort die Müllabfuhr gewähren, während einem nach zwei Stunden Tränen der Wut in die Augen steigen und man den eigenen Geiz verflucht, der es einem nicht gestattete, ein Navigationssystem ins Auto einbauen zu lassen.

Jedenfalls: Ist das Auto erst einmal geparkt, geht es richtig rund. Ich kenne es aus meinen »Zapfhahn«-Zeiten, dass man sich abends an einen Tisch hockt und den Abend ebenso wie die Getränke gewissermaßen auf sich zukommen lässt und erst dann wieder aufsteht, wenn das Licht ausgeht, die Kumpels einen hochzerren oder die Wirtin mit der Polizei droht. Mit Leo kann man solche Abende durchaus auch verbringen, nicht jedoch mit Luca, der über einen Freundeskreis verfügt, der in kein Zweitligastadion passt (er ist noch unverheiratet – auf *die* Hochzeitsfeier bin ich nun wirklich mal gespannt). Mit Luca ziehen wir von Bar zu Bar, und während Luca hier einen *gingerino* trinkt, da einen *caffè* und erst ab Station vier oder fünf ein Glas Wein, ich hingegen ab Station eins ein großes Bier ordere (welches in Italien schamvoll *birra media* heißt, *grande* klingt offenbar irgendwie obszön), bedeutet das für mich, dass ich bald Probleme bekomme, den Gesprächen zu folgen, weil ich dann sehr schnell müde werde. Da ich noch nicht so gut Italienisch spreche wie die Italiener, muss ich den Gesprächen mit größter Aufmerksamkeit folgen und auch meine Einwürfe genauer abwägen. Im Deutschen sind meine abendlichen Bemerkungen zwar ebenso dämlich wie hier, kommen aber immerhin spontan.* In Italien ist eine Menge Konzentration erforderlich, und vier große Biere sind ja nicht gerade Dextro Energeen für den Geist. (Dextro Energeen heißt ja seit kurzem Dextro Energy, was dem Stoff den geheimnisvollen medizinischen Odeur nimmt und ihn auf eine Stufe mit diesen albernen Energiegetränken stellt.)

Also: Wir ziehen von hier nach dort und wieder nach hier, und wenngleich sich viele italienische Städte einer besonderen Aperitif-Kultur rühmen, so dürfte Padua dahingehend speziell sein, dass man sich auf zwei großen Plätzen trifft, der Piazza delle Erbe und Piazza della Frutta. Ein paar tausend Jugendliche und junge Menschen, zu denen ich mich noch zähle, stehen also trinkend, rauchend und flirtend einfach so herum. Das gefällt mir prinzipiell gut, macht aber die Bestel-

* Seit ich für diverse Wissensmagazine schreibe, enthält mein Small Talk immer öfter Bemerkungen, die etwa so beginnen: »Wusstet ihr schon, dass eine schottische Studie bewiesen hat …« Nach den Reaktionen meiner Zuhörer zu urteilen, ist diesbezüglich der Lack schnell ab.

lung von Getränken zum Problem, weil diese beiden Plätze nur von drei Bars alimentiert werden, keine von größerer Grundfläche als ein adriatisches Badehandtuch. Um die winzigen Tresen, die sich in besseren, aber kunsthistorisch natürlich wertvollen Ruinen aus dem 13. Jahrhundert verstecken, stehen die Menschen sich auf den Füßen, der Tresen ist nicht einmal zu erahnen, und wer den Barkeeper nicht kennt, kriegt nix. Da ich den Barkeeper nicht kenne, aber auch manchmal mit der Runde dran bin (ich bestelle sogar ziemlich oft, weil es mir einfach peinlich ist, nur herumzustehen und nie die Pointen zu verstehen, die mir erst lang und breit erklärt werden müssen), werde ich manchmal grob, aber es geht nicht anders. Auch mein Trick, als einziger Trinkgeld zu geben und mich so ins Gedächtnis des Ausschankpersonals zu mogeln, funktioniert nicht, da ich über ein Allerweltsgesicht verfüge, an dem auch die Narbe am Kinn nichts ändert. *Grazie mille* funktioniert ebenfalls nicht, obwohl ich es, kurz bevor ich grob werde, mit echter Demut vortrage.

Exkurs aus gegebenem Anlass: Unvergesslich wird mir der Abend bleiben, an dem ich als 18-Jähriger in der Braunschweiger Großdiskothek Jolly Joker (Fassungsvermögen: 3000 Menschen) an einen der Tresen ging und »Ein Bier, bitte« sagte. Der gestresste Barkeeper stellte mir die Flasche mit den Worten hin: »Geht aufs Haus. Du bist der Erste, der in sechs Stunden bitte gesagt hat.« Seitdem bin ich, vielleicht nicht nur aus Altruismus, ein Verfechter strikter Höflichkeitsformen geworden.

Lucas nächtliches Leben wird nicht von der Frage beherrscht, wohin man geht, sondern mit wem, und so ziehen wir weiter und weiter, lesen hier Marianna auf, da Massimiliano und dort Gianluca, die Gruppe wird größer und größer, und am Ende des Abends hängt ein ganzer Rattenschwanz von Freunden an uns dran. Zufällig im Weg stehende Nachtschwärmer werden dabei einfach aufgesogen. Ich weiß weder genau, wo wir sind, noch kriege ich etwas von den Bars mit, die wir betreten. Mein Italien sieht so aus: ein Kreis lachender Gesichter, ein paar Reihen tief rund um mich herum. Zugegeben, es gibt einen schlimmeren Anblick.

Das Abschiedsritual dauert eine gute Stunde. Und von den vielen Bussis und Ciao-Ciaos hat man dann so viel Durst bekommen, dass garantiert einer sagt: »Na, einer geht noch«, ein Schlachtruf, der mir ebenso vertraut wie willkommen ist, und auf geht es in die nächste Bar. Wenn der Morgen graut, findet sich immer jemand, der mein Auto nach Hause fährt, während ich auf dem Beifahrersitz darauf warte, dass der Fahrer eine der nächsten romanischen Säulen rammt, die sich uns in der Altstadt immer wieder in den Weg werfen. Hinten lärmen Luca und seine Freunde, einer kennt eine Bar, die jetzt schon auf hat, und der Abend endet, wie ein Morgen in Italien anfangen muss: mit einem Cappuccino und einer ofenwarmen Brioche mit Vanillefüllung.

Fortsetzung folgt

Das war es fürs Erste. Meine Abenteuer in Italien gehen weiter. Bis ich jemanden finde, der mich fürs Golfspielen oder fürs Testen der schönsten Aperitifbars Grados bezahlt, schreibe ich weiter Reisereportagen, um die hungrigen Mäuler meiner Liebsten mit reichlich Polenta stopfen zu können. In der einen oder anderen Zeitschrift werden Sie bestimmt mal was von mir entdecken; so sind Sie immer auf dem Laufenden. Sie können natürlich auch auf meiner Website www.stefanmaiwald.com schauen, was ich derzeit so mache. Falls ich die Website bis zum Erscheinen dieses Buches tatsächlich zum Laufen kriege, was noch keine ausgemachte Sache ist.

Um es kurz zu machen: 18 Gründe, Italien zu lieben

- Fußball ist wichtiger als die Vogelgrippe.
- Was ist »koffeinfreier Kaffee«?
- Das Wetter ist schön, aber nicht beleidigend; man kriegt noch die Jahreszeiten mit.
- Spaghetti vongole.
- Man wird öfter mal von Fremden für völlig unsinnige Dinge gelobt, etwa den schönen Pullover oder den Milchschaum auf dem Cappuccino.
- Schlechte Laune kommt vor, ist aber weitgehend geächtet.
- Elisabetta Canalis. Sie wissen nicht, wer das ist? Gut, dass es Google gibt.
- Wein schon zum Mittagessen ist gesellschaftlich akzeptiert.
- Keine Hundehaufen – keine Hunde!

- Auch in edlen Restaurants steht der Wein griffbereit neben dem Teller und nicht auf einem wackligen Beistelltisch am anderen Ende des Saals. (Ausnahme: Stüa di Michil in Corvara, aber das ist ja Südtirol.)
- Wenn einem ein Gespräch unangenehm wird, holt man einfach sein Handy heraus.
- Vorfahrt hat, wer es eiliger hat.
- Jogger werden als das angesehen, was sie sind: verrückt.
- Kellner ist ein echter und ehrbarer Beruf, kein Nebenjob für Studenten.
- Wenn man Geburtstag hat, wird man gefeiert, als hätte man im WM-Finale den Siegtreffer erzielt.
- Italienische Frauen duften immer ein bisschen nach Sommer und Strand. Ob es dafür ein spezielles Parfum gibt?
- Der Abend beginnt mit einem Aperitif.
- Irgendwie klappt es am Ende immer.